わがまま王女に仕えた万能執事、隣の帝国で最強の軍人に成り上がり無双する

wagamama oujo ni tsukaeta bannoushitsuji,
tonari no teikoku de saikyou no
gunjin ni nariagari musousuru

わがまま王女に仕えた万能執事、隣の帝国で最強の軍人に成り上がり無双する

wagamama oujo ni tsukaeta bannoushitsuji, tonari no teikoku de saikyou no gunjin ni nariagari musousuru

目次

プロローグ

「リィト」

「こちらに」

早朝。日が昇るか昇らないかというところで、アスレリタ王国第一王女キリクは気まぐれに従者を呼びつける。

もちろんそんな予定などなかった。いつもならまだ数時間は眠っているはずのキリクがたまたま目を覚ましただけだ。

だというのに、その執事はいつの間にか準備を整え王女の側に立っていた。

「今朝はお早いお目覚めですね。姫様」

「ええ。この時間に呼んでもちゃんと来るなんて偉いじゃない」

「私は姫様の執事ですので」

「良い心がけね。遠乗りに出るわ」

「すでに馬の準備は整えてあります」

「あら。今日はキャサリンで行こうと思っているけれど」

「もちろん準備してございます」

リィトはすでに外に五頭の馬を用意していた。その中の一頭がキリクの指名したキャサリンだ。

すぐに合図を送り他の馬を下げさせつつ、キリクの着替えを手伝う。

「ふうん。でも気が変わったかも」

「お食事になさいますか?」

「そうね……いえいいわ。狩りの準備を」

「この時間なら釣りも良いかもしれませんね」

「いいえ。狩りよ」

「かしこまりました。それでは馬と装備を変えましょう」

「そうね……狩りなら馬は……」

「ビロー号はいかがですか?」

「調子が良いならそれでいいわ」

「かしこまりました」

わがままの限りを尽くす王女キリクを、それとなく誘導することで満足のいく結果を常にもたらすリィト。

涼しげな顔で準備を整える二人だが、他の従者たちは必死だった。

なんせ会話が一つ増える度にそれまでの準備が無駄になり、新たな準備を整えなければならなくなるのだから。

それでもやることが最も多いのはリィト。

そのリィトがここで涼しげにキリクと会話を楽しめているのは、並外れた洞察力と周到な準備のおかげだ。

それを知る使用人たちに、リィトを責める材料はなかった。

使用人たちが慌ただしく駆け回る中。キリクとリィトの二人だけが、時間の流れが異なるかのようにゆったりと、優雅な朝を迎えていた。

一話　逃亡

「もうやめだ！　耐えきれない！」

毎日毎日わがままなお姫様に付き合い、他の従者や貴族にも馬鹿にされ、それでもなんとかやってきていたが限界だった。

最初のうちはまだ良かった。

自分で出来る範囲の仕事だったし、それなりにやりがいも感じていた。

だが今日のこれはなんだ!?　王都から三日もかかる場所にある劇団を次の日に呼んでこいというから行程をなんとかショートカットして間に合わせたというのに、王女はいなくなっていた。

こんな手紙を残して。


『遅すぎるから気分が変わったわ。

貴方《あなた》が無能なせいで劇団が損をするのは可哀相だから貴方の給料から劇団にはお金を渡すわね。

私は遠乗りに出かけるから帰るまでにお菓子を用意しておくこと。用意したお菓子が私の口に合わなければ給料も休みもないものと思って。

じゃあよろしくね』

何度思い出してもその理不尽さに頭を抱える。

これまでも度重なる嫌がらせのような要求をなんとか実行してきたが、つい最近覚えたこの給料や休みを取り上げることまで許容すると俺の生活が持たない。

いや休みはまあいい。俺にそもそも休みなどないのだから。

問題は給料だ。

もらったところで自分のために使う時間などないが、それでも仕事に必要な道具は一つ一つが高価だし、経費として後で王国に請求するにしたって手持ちがなければ姫様の要望に応えられない。

そうなったらどんな目に遭うか、これまで他の従者を見てきていれば容易に想像出来てしまう。

「逃げよう……」

実質王宮に捕らわれた生活だった。身寄りもない。いやあっても仕事を放棄して逃げた俺をあのわがまま王女が許すとは思えない。

ならこの国に活路を見いだすのは難しいだろう。

となれば……。

「帝国に行こう」

徹底実力主義と言われるガルデルド帝国。

そこでなら、もしかするとこれまでのスキルが活かせることもあるかもしれない。

掃除料理の家庭スキルから、工作暗殺陰謀その他の計画から実行まで全て押しつけられてきたんだ。

「一つくらい俺のスキルを活かせる仕事があるはずだ……！」

そうと決まれば話は早い。

もうどうせ入らない給料には期待しない。とりあえず自分の部屋から最低限必要なものを調達してすぐに出ることに決めた。

ガルデルド帝国は王国の最大の仮想敵国。いくら無茶苦茶な姫様でもそう簡単には手出しが出来ないはずだ。

幸いなことに今姫様はいないし、他の従者は基本的に自分のことで精一杯だ。

これなら簡単に抜け出せそうだな……。

「にしても、いざ出ようと思うと本当にあっけないな」

実質国外逃亡なわけだが元々王宮内を出入りしている俺に警戒する人間などいない。

ただそれでもなるべく気をつけるに越したことはないため警備がゆるいタイミング、ゆるい場所を狙っていったんだが、あまりに簡単にそういった情報が手に入ることに我が職場ながら不安を覚えていた。

「これ、仮に外から攻めるにしても情報が抜け漏れ過ぎでは……？」

ま、いいか。とにかく帝国だ！

身分どころか種族にかかわらず、どんな人種も亜人も等しく平等に実力主義という帝国。

王国では仮想敵国として警戒を強めていたわけだが、実態がどんなものか気になる。同盟国との交渉なんかはよくやっていたけど、姫様の筆頭従者である俺は敵国との接点はなるべく持たないように言われていた。というかそんなものを持つ余裕などなかった。

ただ、確か身元があやふやでも一年間職業訓練の学校に行かせてもらえるはずだ。

それこそ使用人や商人、鍛治師などから、軍関係や冒険者など、様々な道への可能性が開かれているらしい。

「流石《さすが》に使用人とかだと万が一追いかけられたときが面倒だな……。どの道で行くかは着いたら考えるとして……」

帝国で何を目指そうか。

軍人というのは今と対極なものになるし、憧れもあるな。冒険者というのも自由の代名詞みたいでいい。

将来に思いを馳《は》せて心がはずむ経験なんていつ以来だろうか。

心なしかウキウキした気持ちのまま、生まれ育った王国をあとにした。

二話　執事のいない王宮

「帰ったわよ！　リィト！　おやつはいいわ。すぐに食事の準備を！　リィト！　返事は!?　呼んだら十秒以内に答えるように言ったはずよね！」

遠乗りから帰って早々、執事であるリィトを呼びつける王女キリク。

おやつの準備を求めておきながら、当たり前のようになかったことにしていた。

周囲にいた者たちもその光景に特段違和感は覚えない。なんせリィトは不思議なことに十秒以内に姿を現すからだ。

そしていつもの彼ならすでに、こうなることを想定して食事の準備を済ませているはずだ。

たとえどこにいても、姫様の呼びかけには十秒で答える。どんな無茶振りを受けても、リィトは必ず成し遂げる。

そんな信頼に似た感情を、どこか持ち合わせてしまっている。だがそれを真っ向から認めることは、彼らのプライドが許さずにいた。そんな複雑な関係だった。

キリクの呼びかけから七秒。

いつもなら遅くともこのあたりで出てくるはずだ。

「お待たせしました」などと言いながら。

だがその日は違った。

「リィト？　リィト！　私が呼んでいるのに何をしているのかしら！　使えない男ね！」

「全くもってそうだ」

「姫様が直々にお呼びになっているというのに嘆かわしい……」

キリクが遠乗りに連れて行っていた貴族たちが口々に同意を示す。

その流れを受けて、次の人間も口を開いた。

「やはり不相応に孤児が執事になど……」

だがその選択が大いに間違っていたことを直後、底冷えするほど冷たく伝えられたキリクの声で思い知る。

「お黙り」

「ひっ……」

最後の一人は逆鱗《げきりん》に触れていた。

周囲の者がリィトを悪し様に言うのには理由があった。

姫様の機嫌を損ねたとき、その矛先が自分に向く可能性が高いからだ。

リィトが標的のうちはいい。

リィト自身は、信じられないスペックを発揮して王女キリクの要求に応えきっていたからだ。だがそんなこと、リィト以外には出来るはずがないのだ。

コロコロと変わる気分次第の命令を、一切のタイムラグなく叶えていくことなど、それこそ超能力でもない限り不可能だ。

だからこそ、とにかく自分の保身のためにリィトを犠牲にすることが周囲の共通見解になっていた。

だが同時に守らねばならないこともあった。

姫様はリィトに無理難題を押しつけわがままの限りを尽くす一方で、リィトを高く評価していることも周囲はよく分かっていた。だからこそ、孤児であったリィトのことを生まれだけで悪く言うことは姫の逆鱗に触れるのだ。

「貴方は確か……ああ、初めて見る顔ね。どこかの男爵あたりかしら？」

「は……恐れ多くも子爵の地位を授かり……」

「じゃあ明日から男爵でいいわね」

「は!?」

「文句があるのかしら？」

「いえ……とんでもございません……」

元子爵、一瞬にして男爵に切り替えさせられた男がぼたぼたと冷や汗を流しながら答える。

そもそもこれだけの傍若無人の姫のもとで何年も従者をやり、専属執事にまでなったリィトのほうが異常なのだ。

常に機嫌を読み、言っていることも言われていないこともその裏の裏の裏まで読んで一つ一つミスなくこなす。

そこに求められる能力も半端なものではない。中には本来騎士団が総力をあげて当たらねばならない問題まであったのに、その全てを一人で、姫の気が変わらないうちの短期間に仕上げていたのだ。

洞察力、知識量、戦闘力、交渉術……。あらゆる力を身に付けていたリィトだからこそ成し遂げられた問題処理能力は周囲の人間も一目を置いていた。

——化け物

それがリィトに対する周囲の評価だった。

だからリィトを馬鹿にすることは自らの保身であり、妬みであり、そしてそうしていてもリィトにはなんら影響しないだろうというある種の信頼だったのだ。

だがこの日、リィトはいつまでも現れなかった。

「全く……何をしているのかしら……戻ってきたらただじゃおかないわ」

王女キリクはこの先もう王宮でリィトを見ることはないとはまだ夢にも思っていない表情で、他の従者を呼びつけていた。

指名された従者が次の日から仕事が出来ないほどに衰弱したことが、リィトの重要性をそのまま指し示していた。

三話　帝都

「着いたー！」

帝都ガリステル。

壁に囲まれた巨大都市だった。

だがその見た目に反して来る者を拒まないおおらかな都市だと聞く。実際貴族区以外はほとんど身元確認をせずに入れるため、門はほぼ素通り状態だった。

早速門番のもとに向かう。

「入国希望者か。目的は？」

「旅の者です。大陸を回り武者修行をしております」

「武者修行……？　そのなりでか？」

小馬鹿にした態度で門番二人にジロジロ見られてしまう。

商人を装うには道具が足りないし、一番多い理由かと思ったけどそうか。自分の体形は確かにそれにはちょっと向いていないなと気付かされる。

「まあいいが……痛い目見ないうちに帰ったほうがいいぞ？」

「ありがとう」

まあとりあえず無事に入れるならいいか。

「あーそうだ。帝都には訓練施設があるんでしたよね？　推薦状は門番が書いてくれるとか」

「ん？　ああ、なるほど。だが武者修行ってなると冒険者か軍人かだが……ちょっとなぁ……」

あからさまに俺のことは推薦が難しいという表情の門番。

どうするかな……。ぱっと見て門番二人くらいは倒せる自信があるけど、それをするとその後面倒だしなぁ。

そんなことを思っていると後ろから大柄な男が俺を突き飛ばす勢いで現れた。

「がはは。お前が推薦状をもらう？　そういうのはこうしてしっかり戦える力をつけてから言うんだよ！」

盗賊風の武装に身を包み、いかにも戦い慣れした様子の男がそう言った。

「門番さんもそう思うだろぉ？　なあ？」

「あ、ああ……そうだな」

「というわけで早速だが俺に推薦状を書いてくれよ。とびっきり良い待遇になるようにな」

「それは出来ませんが……」

ふむ……。

「俺がその男より強かったら、俺にも推薦状をくれますか？」

「はあ？」

聞いた門番より先に男のほうが反応した。

もの凄く威圧的に。

「てめえみてえな雑魚《ざこ》に俺がどうにか出来ると思ってんのか？」

「落ち着け少年。悪いことは言わないから、怪我する前に……」

「いやもうおせえな。俺が許さん」

男が剣を抜いた。

「おいおい待て」

「大丈夫」

静止する門番にそう言って、剣を抜いた男のもとへ歩いた。

「今なら許してやるぞ」

「いや、むしろごめんね。こんなことに使ってしまって」

「は？」

気を抜いた男のもとへ一瞬で詰め寄り、腕をひねり上げて剣を奪う。

「なっ!?　いでで」

そのままの勢いで男を投げ落とし、動きを制した。

姫様の気まぐれで行われる武芸大会。勝てないと凄い不機嫌になるから頑張って覚えたんだけど、役に立って良かった。

姫様の気分でコロコロ出場部門を変えられたから、体術まで身に付けることになったのも結果的に身を助けたかもしれない。

「これでどうかな？」

「凄いな……」

門番は口を開けて感心してくれていた。

「だー！　いてえ！　俺が悪かったから離してくれ！」

「ああ、ごめん」

「ったく……これでも俺はほんとに外じゃ名の知れた賞金稼ぎなんだぞ？　一体どこに隠れてやがったこんな使い手が……」

「あはは……」

笑ってごまかしておくことにした。

まさか隣国の王宮から逃げ出してきたとは言えない。

「まあ二人とも、推薦状は渡す。大丈夫だと思うが訓練校は来る者を拒まない代わりに出られるのは狭き門だ。気を引き締めろよ」

「ありがとう」

門番が推薦状を用意し始めてくれたところで、さっきまで戦っていた男がこう尋ねてきた。

「おいお前。名前は」

「リルトだよ」

名前は少し変えておいた。

わざわざ追ってくるかも分からないが念のためだ。

「そうかリルト。お前、訓練校に行く前に装備だけ替えてくぞ」

「え？」

「訓練校も考え方は同じだ。まず見た目、実績。実力を見てもらいてぇならそれなりの恰好になる必要がある」

なるほど……。

「金がねえなら俺が少し貸してやる。利子もいらねえよ」

「なんでそこまで……」

「お前さん、訓練校の内情を知らねえだろ？」

「それはそうだけど」

「それが俺が出してやれるもんだ。今回もそのおまけ。その代わりにお前が活躍した暁には俺のこともうまく取り計らってくれよ」

そういうことか。

帝国に関する情報が一切ない俺にはありがたい申し出ではある。

いや正確には帝国に関する情報のうち、こういった領民一人ひとりに必要なレベルの知識だけが抜け落ちているんだが……まあいっか。とにかく申し出は受けて損はないものだった。

「名前は？」

今度はこちらが逆に聞き返す番だ。

「アウェンだ」

「アウェン。返す当てもないけど大丈夫？」

「そんときゃ俺の見る目がなかったと思って諦めるさ！」

豪快に笑う男とともにまずは武具店に向かうことになった。

四話　入学準備

「なるほど……お兄さんに装備をねえ……」

武具店のお姉さんの反応は最初の門番のものに近かった。

怪訝そうな顔でじろじろ見られて居心地が悪い。どうも全く俺が戦えるようには見えていないらしい。

「そっちが初心者用セットだけど……お兄さんが……？」

どうしてだろう。そんなに戦うように見えないんだろうか……。

一応王宮執事として雑事から戦闘まで幅広くこなしてきたし、武芸大会がないときでもトレーニングは欠かしてなかったんだけど……。

「リルト。お前さんこれまで苦戦するような相手と戦ったことがねえだろ？」

「苦戦……？」

思い返すが確かにないかもしれない。

いやそんなことをした時点で任務は失敗だ。一方的に無力化出来なければ執事は務まらない。

厳密に言えばそれが執事の務めかという問題は一旦置いておく。

「だろうなあ……だからだ。実力の割に覇気がなさすぎんだよ」

「覇気……こうか？」

意識してそういったものを出そうと試みてみる。

「ひっ！」

「うわっ……おい馬鹿！　それは殺気っていうんだよ！」

「難しいな……」

「どうすんだ武具店の姉ちゃん立ったまま気ぃ失ってんぞ!?」

「ああ、今戻す」

頭部に程よい刺激を与えれば目覚める状態だろう。

「はっ……なんか一瞬凄いものを見た気がしたんだけど……」

「気のせいだ。だが姉ちゃんが思うより意外とこいつは腕が立つんだ。もうちょい良い装備出せねえか？」

「ああ……分かったよ。なんか私もそのほうがいい気がしてきたさね」

そう言って奥に引っ込んでいく店員。

「お前さんには装備なんざあってないようなもんだろうが、だからこそ良いもんを買う」

「いいの？」

「いい。というよりそうじゃなきゃ意味ねえんだ。初心者用装備じゃ余計舐《な》められるだろうが」

「それもそうか……」

どうも自分のことになると考えが回らないところがあるようだ。アウェンと出会えたのは幸運だったな。

しばらくすると店員のお姉さんが箱を抱えて戻ってきた。

「ほう。良いのがあるじゃねえか」

「ああ。気付いたかい。これは中古ではあるんだが、悪いもんじゃないよ」

「なるほど」

見た目に箔《はく》をつけるためだけということであれば中古なくらいが丁度いいのは確かだった。

「武器は何がいいか分からなかったから剣を。無銘だがいい剣だよ。前の持ち主も大事にしてきたからねえ」

「確かによく使い込まれてるが、相当大事に使ってるな。手入れもずっとプロがやってきたみてぇじゃねえか」

「あら。嬉しいこと言ってくれるねえ」

ということは……。

「私のお古さ。見ての通り手入れはばっちりなんだが、いつしかこっちが楽しくてこうしてるってわけさ」

凄い……。見た感じまだまだ若いのに剣士として冒険者か何かをやっていたということなんだろう。

「いいのか？」

「良いさ良いさ。むしろすぐに気付けなくて悪かった。お兄さん、だいぶ鍛えてるじゃないか」

ペタペタ身体《からだ》を触る店員。

良いんだけどなんか落ち着かないな……。相手が美人なだけになおさらだった。

「さてと。サイズも分かったことだしちょっと調整するよ」

「ほー。今のでサイズまで測ってたのか。腕は確かだな」

アウェンが感心していた。

「ふふん。そこは任せなさい。お兄さんはその間に剣のフリ心地でも試しといてくんな」

「ありがとう」

渡された剣を改めて握り込む。うん。手に馴染《なじ》む良い剣だ。

軽く素振りをしてみることにする。

ひゅんひゅんと小気味よく動いてくれた。重さ、サイズも丁度いいし、手入れが柄《つか》まで行き届いているおかげで本当に手によく馴染む。

良い剣だった。

と感心していたら興奮した様子でアウェンが詰め寄ってきた。

「いやいやおめえ！　どこで習ったんだその剣技!?」

そうか。

これは一応王宮の剣技……いや違うな。これはもうほとんど独学だったはずだ。

そのことを正直に伝えることにする。

「いろんな流派を見てきたからもうごちゃごちゃで……独学かもしれない」

「おいおいまじか……」

「いやぁ……奮発して持ってきたつもりだったけど、こんなんで良かったかい……？　値は張るけどもうちょっと良いもんも……」

「いやいや。凄くいい剣をありがとう」

「そうかい……」

　やっぱりあんまり王宮のことに触れないように気をつけたほうが良いことは分かった。

　ボロを出しそうだ。

「独学で……妙な剣技だと思ったがあんな剣さばき……素振りだけで段違いだって分かることがあるんだな……」

「大げさだなー」

「大げさなことあるか！　……いやまぁいい。とにかくこれだけ揃えばまぁ、見た日で馬鹿にされることもねえだろ」

「なるほど。訓練校に向かうってわけかい」

　店員のお姉さんも会話に入る。

「だったら気をつけな。この時期は貴族の編入も多いからねえ」

　貴族か。

　帝国は実力主義ではあるが貴族制度もある。世襲制になっている分やはり、家によっては十分な実力がないまま偉くなってしまう者も存在することは知っていた。

だが一方で生まれながらにして恵まれた教育を受けられる貴族が優秀なこともまた、事実ではある。

「訓練校に来る貴族なんざ落ちこぼれだろう？」

アウェンがそう言うがお姉さんの見解は違った。

「ところがそうでもないのさ。訓練校の成績はその後に影響するからね」

「その後に影響……？」

「ああ。訓練校で良い成績を収めておけば冒険者ならランクアップが優遇されるし、軍人なら場合によっちゃ在学中から昇進、卒業してすぐ指揮官クラスって話もあるからねえ」

なるほどそれは重要だな……。とりあえず訓練校は貴族間でも注目されているらしい。

さらに訓練校の成績いかんで昇進も大臣といった役員への抜擢も見据えてもらえるという。

帝国は実力主義。とはいえその実力を可視化出来る部分は少なく、訓練校は貴重な実力を可視化する仕組みとなっているということだった。

「まあこいつなら大丈夫だろうよ」

「違いないねえ……」

二人が何か言っているようだったが、貴族の相手はある意味一番慣れてる分野だ。

何人も暗殺したし……いや違う。対応したしね。

これから始まる訓練校での生活に思いを馳せながら、武具店を後にした。

◇

「しっかしお前、まじで無一文なのか」

「あはは……」

正確に言えば帝国で使えるお金が無一文、だった。

道中は自給自足で良かったんだけど流石にここで生活するにはお金が必要だ。

換金はしたいな……。いつまでも借金をしているわけにもいかないし。

ただ王国の金貨をそのまま換金するのはちょっと避けたい。

となると……。

「アウェン。魔物の素材って冒険者じゃなくても買い取ってくれるんだっけ？」

「ん？　ああ。持ち込む分には誰でも……ってお前、今から取りに行く気か？」

「いや、売るものの当てがあるから行こうかなって」

「そうか。じゃあ案内してやるよ」

なんだかんだで本当に面倒見の良い男だった。

感謝しながらついていく。

「ここだ」

「おお……」

到着したのは貴族の屋敷と並ぶほどに大きな建物だった。

よくよく考えたらここ、帝都だもんな。立派なはずだ。

「いいか。お前は装備は整っても覇気がねえ。舐められねえように――」

「お邪魔しまーす」

「おい聞けや！」

どうせ舐められるのは分かっているし、ものを売るだけなら別に良いだろうと勝手に踏み込んでいく。

ごめんアウェン……。

入った途端、ガラの悪い男たちの視線が一斉に突き刺さってきた。

「はぁ……どこの世界にギルドに入るときお邪魔しますっつう馬鹿がいるんだよ」

追いかけて入ってきたアウェンに視線が移った途端、ギルド内がざわめいていた。

「なっ!?　あいつ……アウェンじゃねえか」

「アウェンってあの、黒刃《こくじん》のアウェンか!?」

「なんであいつが……」

「それよりあんなひょろいやつが知り合いなのか!?」

どうもアウェンは有名人だったらしい。

そういえば門番のところでも外では名が知れてるって言ってたっけ。

「有名人なんだね」

「ん？　ああ……まあいいだろ。とりあえずカウンターに行くぞ。買取はあっちだ」

自分で名が知れてるとか言ってた割にいざこうやって囃《はや》し立てられると照れくさそうになるところが、この短い付き合いで感じるアウェンらしさだなと思わせていた。

「いらっしゃいませ。買取でよろしかったでしょうか？」

「はい。お願いします」

カウンターごしのお姉さん……いやおばさんだった。

受付が美人だというのは幻想だな。

指示によればカウンターに並べればいいらしいんだが……。

「にしてもお前、素材ってかばんに入れとけるようなサイズじゃあたかだか知れてんじゃ……」

「すみません。ちょっと量が多いんでそっちのスペースでもいいですか？」

「え？　はぁ……」

怪訝そうな顔で受付のおばさんが一応ながらも許可を出してくれた。

見せたら分かるか。

革袋から一匹目の素材……というかそのまま血抜きだけしたフレアリザードを取り出してカウンター脇のスペースに転がした。

「えええええええ!?」

「フレアリザードってBランクの魔物じゃねえか!?」

思ったより良い魔物だったようでギルドが騒然としてしまっていた。

周囲の冒険者たちがこそこそと話を始めている。

「おいあれ……どこにも外傷がないぞ？」

「じゃあ拾ってきたのか……お使いか？」

驚きのあと冷静になった冒険者たちにお使いと言われてしまった。

そんなに戦えるように見えないのか……自信なくすなぁ……。

「いやそれよりお前これ、マジックバッグじゃねえか!?　どこでそんなもんを!?」

「便利だよね。これ」

姫様の命令で大量の物資の運搬はしょっちゅうのことだったから、鮮度も保って荷物を運べるこいつは必需品と言えた。

「いやいや。便利だよね、とか軽く流すやつじゃねえだろ!?　これ一個で帝都に屋敷が建つぞ!?」

「そうなの？」

マジックバッグが高級品ってことは分かってはいたけど帝都の物価までは分からなかったからな。

そうか大体の物価も道中の露店で見てきたけど、大きな金額の目安としてはこれが屋敷より高価、と。

「ったく……にしてもこんだけの魔物ならもう半分近く装備代に届くな……貸し甲斐がないというか……返済終わっても助けてくれよ？」

「それはもちろん。それよりこれだけで半分近くになるの？」

「そりゃそうだろ。フレアリザードっていったら俺でも苦戦するぞ!?　それをこんな綺麗な状態で……」

「じゃあ良かった。今日で返せるよ」

「は？」

借りっぱなしは良くないからな。

マジックバッグから残りのフレアリザードも取り出して並べていった。

「おいおいおいちょっと待て!?　何匹いるんだこれ!?」

「んー。八だね。群れに襲われて返り討ちにしたときのだから」

「しょ、少々お待ち下さい！　マスター！　大変です！　フレアリザードが八体も！」

「あれ……」

「そりゃそうだろ……」

大事にしてしまったらしい。

受付が慌てて奥に走っていってしまっていた。

「良かった……絡まなくて……」

「アウェンが近くにいてくれて命拾いした……」

「ま、俺は最初から分かってたけどな」

「嘘つけ！　真っ先にこいつに分からせてやらねえとなぁ？　とか言ってただろてめえ！」

「馬鹿野郎！　聞こえたらどうすんだ!?」

見ていた冒険者たちもにぎやかに騒いでいた。

「お……お待たせしました。フレアリザードをほぼ無傷で納品されるとのことですので……金額はこちらになります」

「おお……状態が良いとこんな行くのか」

アウェンが感心してるということは問題ない査定額なんだろう。

それに待っている間に周囲を見て分かった。この金額があればしばらく宿生活でも困らない。

いやそれどころかちょっと贅沢《ぜいたく》をしても十分なくらいの収入になったようだった。

「ラッキーだったなぁ。フレアリザードに襲われて」

「お前……Aランク冒険者でも命の危険を感じるはずの大事故だからな？　普通なら」

「ははは」

「はぁ……まあいいかもう……」

だとしたら俺に挑んでくれたフレアリザードは弱かったのかもしれないけど。

受付からお金を受け取って、きっちりアウェンにも返しておいた。

◇

「で、訓練校への入学はいつする？」

「あれ？　いつでも出来るわけじゃないんだ」

「お前ほんとに何も知らねえんだな……あんな強えのになんかちぐはぐなやつだなぁ……」

帝国に関してはあんまり知らないんだよなあ……。

姫様があそこには行くな！　って止めてたし。

何かあったんだろうか？　まあそのおかげでこうして逃げ延びてこられたのはありがたいのだけれど。

「訓練校への入学タイミングは定期的にあるんだが、推薦状ってのは言っちまえば試験資格みてえなもんだ。入るには試験に合格する必要がある」

「そうなのか……」

難しいんだろうか……。

特に帝国の常識のない俺は不安だ……。

「最速でいくなら二日後だ。次はいつになるか分からんが……一〇〇日以内にはまた募集があるとは思う。普通に考えりゃ次回だな」

アウェンがそう言いながら俺を見る。

試験は知識を問う筆記と、戦闘能力を問う実技試験らしい。

これは冒険者にしても軍に入るにしても共通だ。内容は違うらしいが。

「そういえばアウェンは普通に冒険者で食べていけるんじゃないの？　なんでわざわざ訓練校に？」

さっきの反応を見ればアウェンが冒険者たちの中でも上位に位置することはなんとなく想像がつく。

そう思って尋ねたが、アウェンにもアウェンなりの理由があるらしい。

「帝都でやるにはランクが低くてな……今更ゴミ拾いからやりたくねえ。かといってギルドの特別試験をクリアする自信もねえ。というわけで訓練校だ」

どうやら丁度いいランクから始める近道ということだった。

「あとはまあ、ここを出たってだけでそれなりに箔がつくからな。貴族の話じゃねえが、ある程度食い扶持《ぶち》に困らんようにしてくれるっていうから気になってな」

「なるほど……」

俺もそのために来たようなものだしな。

でも冒険者かあ……。

冒険者だとちょっと、活動範囲が広い……。

軍に入れさえすれば完全に追手から逃れられると思う。そういう意味で俺はそっちのほうがいいだろう。

「ほんとは戦いより家事とかのほうが得意なんだけどなあ」

「嘘つけ。仮にそうだとしてももう、お前は軍か冒険者でやるしかねえぞ」

「推薦状、もらったしね」

「いやそうじゃねえよ。こんだけギルドで騒ぎになったんだ。お前をもう逃さねえよギルドが。それこそ軍にでも入らねえ限りな」

「そうなのか……」

ギルドカウンターの奥でおばさんたちがニコニコしていた。確かに逃さないという強い意志を感じる……。

嬉しくない視線だが……。

こんなことならもう少し考えてから帝国に来るべきだっただろうか……。

あのときは何でも良かったんだけど、よく考えたら別の道もあった気がする。

まあ言っても仕方ない。切り替えよう。

「お姉さん、ギルドは図書館としても使えるんですよね？」

「え？　ええ。そうですけど……」

「ちゃんと筆記試験に備えるってことか。じゃあ俺たちの入学は」

「もうしばらく先か」「明後日《あさって》だね」

「「え？」」

アウェンと俺の声が重なる。

そんなに待つつもりはない。

というか次がいつか分からないとなると流石に不安だ。その間に追手が来れば後ろ盾のない俺はまた逃げ出す必要が出てきてしまうだろう。まあ数年は帝国まで捜しに来るようなことはないと思うけど……。

そもそもあれだけ使えないと罵っていたくらいだ。もう次の執事を捕まえて俺のことは忘れてるかもしれないけど。

念には念を入れないとな！

「アウェンはいいの？」

「あ？」

「冒険者のほうが向いてそうだけど……俺は軍に行きたい」

そう言った途端、明らかにカウンターの向こうにいる人たちが落胆していたが、見なかったことにしよう。

「しゃあねえなあ。俺も一人で冒険者よりかは、お前と軍を目指したほうがいいだろうよ」

「じゃあ一緒に勉強だね」

「馬鹿にすんな。俺はそんなに馬鹿じゃねえ」

意外だ。

人は見かけによらないな……。

「お前、顔によく出るやつだな……」

「そうかな？」

姫様といたときは感情はなるべく殺すようにしてきたから、その反動だろうか……。

「楽しいからかな」

「悪意なく言いやがって……いいか？　実技試験は問題ねえだろうが、筆記試験は帝国の常識を問われる。特に軍は冒険者より難しいぞ」

「うん」

あと二日。

やれるだけやってみよう。

◇

二日後。

「嘘だろ……」

アウェンがそんなことを言う横で俺は……。

「だめだったー」

図書館の蔵書の山の前で、俺は肩を落としていた。

横には絶句したまま固まったアウェンがいる。

今日は試験の日だ。

そして、だめだったのだ。

「七割しか読めなかった」

「いやいやいや!?　お前ここに何冊書物があると思ってんだ!?」

「万全を期すなら全部読んでおきたかったんだけど……」

「残ってんのはもう古典の物語くらいだよ！　あんなパラパラめくっただけで全部内容覚えていくとかお前……バケモンかよ」

「失礼だなあ」

ギルドに併設された図書館にはかなりの書物があった。

自分より背の高い本棚にぎっしりと並べられた本の山。何冊読んだか覚えてはいないが、数千は読んだと思う。

「うーん……不安だなぁ……」

「自信を持てや！　そんだけやっといて！」

アウェンに励まされながら訓練校を目指すことになった。

アウェンはいいやつだなぁ。ほんとに。

ほどなくして訓練校の入り口が見えてきた。

「にしても、もう結構人がいるな。出遅れたか？」

「別に早い者勝ちじゃないよね？　大丈夫じゃない？」

訓練校に集まるのは比較的歳の近い十代くらいの見た目から、上は四十代くらいに見える人まで様々だ。

そもそも獣人とか亜人もたくさんいて年齢はあんまり関係ないんだけど……。同じ見た目でも数百年生きてるエルフとかいるらしいし。

「貴族の子どもも結構いるな」

「そうだね」

服を見れば分かる。

アウェンは緊張してるようだったけど、俺からするとむしろ貴族の服装のほうが見慣れてるから安心感すらあった。なんか懐かしいかもしれない。

「全く……何故俺がこんな下々のやつらと学ばねばならんのだ……」

「ほんとですよね！　バードラさんはもう今すぐ軍師だってやれちゃうくらい頭がいいのに！」

「全くだぜ！　こんなやつらと一緒にやるなんて時間の無駄！　早くバードラさんの活躍を見たいぜ」

三人組のいかにも貴族らしい服装の男たちが騒ぐ。

周囲も距離を取っているようだったが、不運にも一人の小さな女の子が三人のほうにふらふらと近づいていた。

「あれ……前が見えてねえのか？」

アウェンの指摘通り、女の子はまるで前が見えていないようにフラフラした足取りだ。前髪が長すぎて目が隠れているしそのせいか。

「わっ！」

「ああ!?」

ぶつかってしまった。

「バードラさんの服に汚れが！」

「おい！　どうしてくれるんだ!?」

「……すみません」

頭を下げる女の子。

小柄、長い髪、そして何よりあの目の見えなさ。

ドワーフだろう。

ぶつかってすぐ謝罪をした。普通ならそれだけで済む事態だ。

だが……。

「貴様……お前の汚い身体が俺の服を汚した……許されることだと思うな！」

バードラと呼ばれた貴族は気が短いようだった。

「何っ!?　あいつ杖《つえ》を抜いたぞ……って、はええ!?　詠唱破棄の氷魔法!?」

アウェンは剣士だから驚いてるみたいだけど、魔術の詠唱って不便だしね。

杖を使ってるということはそんなに得意じゃない術式をコントロールするためか、手加減するためなんだろう。

実際女の子には当たらずに地面に突き刺さっただけだし。

「……すみません」

魔法の気配を察知して周囲がざわめき立つ。

「ちっ……運のいいやつめ」

目立ってしまったせいかバードラと呼ばれた貴族の子もそこまでで一旦は手を引いた。

そしてその騒ぎをかき消すように、次の騒ぎが巻き起こり、皆の目は一気にそちらに持っていかれた。

「あれって皇族専用車じゃあ……」

「おいおいまじかよ……訓練校に来るってことは誰だ!?」

「第三皇子のマルク様とか？」

「いや、第六皇子のビルド様も軍に入るって聞いたぞ!?」

皇族専用車……確かに立派な馬が引く馬車だった。

注目の的となるなか、中から出てきたのは……。

「第二皇女のメリリア様!?　噂通りの美人……」

「ほんとにすげえ綺麗だなぁ……」

「にしても……皇族まで出てきたってことは今回の同期はすげえことになりそうだな！」

「試験に合格出来れば、だけどな」

メリリアと呼ばれた皇女は、歳は俺たちと近い見た目をしている。十代だろう。

パッと見た印象としては、周囲の反応の通りとても美しい容姿だということ。透き通るような白い肌と色素の薄い髪色、スッと伸びた目元は他の者を寄せ付けないオーラがあった。

「ほう……第二皇女様のお出ましか。この場で一番身分が近いのは俺だ。俺が声をかけるぞ」

「流石バードラさん！」

「当然だぜ！」

先程騒いでいた貴族の子息たちも皇女に気を取られたかと思った瞬間だった。

「てめえは許さねえけどな！」

「っ!?」

バードラは皇女へ声をかけるために動いたと見せかけて、先程ぶつかったドワーフの子に再び氷魔法でつぶてを撃ち出したのだ。

「あ……」

「あいつら……!」

皆がメリリアに目が奪われているタイミングだった。気付いたのは俺とアウェンだけらしい。

アウェンはあのドワーフの子をなんとかしようと動き出す。

だがその魔法は狙いが逸《そ》れている。ドワーフの少女に当たることなく、真っ直ぐに第二皇女メリリアのもとへと飛んでいった。

「しまった!?」

「バードラさん!?」

「これはやべえんだぜ……」

三人の反応を尻目に、俺は気付けばアウェンとは別の方向に動き出してしまっていた。

あまり目立つのは良くないと思いながらも。

――カキン

「お怪我はございませんか?　姫様」

「えっ？　ええ……下がっていいわ？」

「仰せのままに」

ついいつもの癖で出てきてしまった……。

すぐに離れられたのが救いだろう。

「おい。今の誰だ？」

「さあ？　でも随分様になってたよなぁ」

「いやいや、魔法攻撃より速く動いて撃ち落とす剣技ってどんなだよ!?　相当な使い手だぞ」

目立ってしまった。

「ちっ……あいつ俺が声をかけようとしていたというのに」

「バードラさんを差し置いて皇女様に声をかけるなんて常識のないやつだ」

そして何故か騒ぎの中心になっていたバードラたちには逆恨みされていた。

止めてなかったら割と大問題だったと思うんだけどなぁ……。

「お前……やっぱすげえんだな……」

「あはは……」

アウェンの言葉を笑ってごまかしていると、ようやく職員が顔を出した。

まずは全員が筆記試験を行うために校舎に入るらしい。

バードラたちからの敵意を含め、周囲から妙な視線に晒《さら》されながら校内に足を踏み入れた。

五話　入学試験

「分かっていると思うが魔法、物理を問わず不正行為は厳禁だ。だが魔法の使用を認めないわけではない。記憶魔法、記録魔法をはじめ必要な魔法もあろう。それらは先に申告を行い、認められたもののみ試験時間中に使用するように」

試験会場に入ってしばらくすると、四十代くらいの精悍《せいかん》な顔つきの男の人が説明を始めてくれた。ここの講師であり、軍にも所属する少将らしい。名前はギルンと言っていた。

それにしても……。

「凄いなあ……記録魔法とか、使い手がいるんだ」

世の中にはいろんな魔法があるなと感心する。

記憶魔法や記録魔法は生活魔法として括《くく》られる便利な技、という知識だけは持っていても、実際にその使い手を見たことがない。

よほど優秀な魔法使いなんだろうと思っていると、先程揉め事を起こしていたバードラたちが何か言っているのが聞こえた。

「良いか？　記憶魔法を共有するからな？」

「分かってるんだぜ！」

「バードラさんだけでも十分なのに三人分の知識で試験なんて、俺たちきっと特待生枠になっちゃいますね！」

「ああ。手を抜くなよ」

へえ。

そんなことも出来るんだな。

まあ俺にはそんな便利な魔法はないし、自力で頑張ろう。

一通り注意と説明を受けて、皆が使用魔法の申請を終えたところで、ようやく試験が始まった。

――帝国の名前を記せ

そこからなのか……。

ガルデルドと記入して気を取り直して次に進む。

問題は想定していたものよりかなり簡単なところから始まるようだった。

（油断してはいけない……）

心の中で唱えながら進めていく。

次の問題はガルデルドにおける軍人の序列の穴埋めだ。

図書館で読んだ書物に書いてあったので問題はない。

まず軍人を目指す訓練校に入った生徒は、その時点で見習士官として軍に所属する。

これをクラスゼロとして、少尉、中尉、大尉、少佐……とクラスに一つずつ数字が刻まれる。

最高位はクラスX。軍のトップである、元帥だ。

実際にはクラスの中にも指示系統を乱さないための序列が存在し、逆にいえば活躍を見せれば元帥が複数というケースも、歴史上存在している。

これは問題には出てこないんだな……。

まあいいや、次に行こう。

その後の問題は周辺諸国の名前と有名な戦績、作戦に伴う重要項目の記述など、徐々にレベルが上がっていった。

そして……。

「それまでっ！」

「危なかったぁ……」

時間ギリギリでなんとか全問解答を記述し、試験官の男性、ギルン少将へ提出した。

◇

「よおリルト。どうだったよ？」

「いやー。ギリギリだった。最初のほうの問題が簡単だったから油断しちゃったかも……」

「お前らしくもねえな。まああんだけ本を読み漁《あさ》ってりゃこっちで落ちるこたぁねえよな」

アウェンが励ますように声をかけてくれる。

本当にいいやつだった。

「最後の問題は難しかったよね。あれって多分、今の戦況にかなり近い状況下での軍事シミュレーションだったし」

「は……？」

あれ？

返事を期待したアウェンは口を開けたまま固まっている。

何か重大な間違いを犯したのだろうか。

不安だ……。

「お前まさかあれを全部解ききったのか!?」

「え？　試験ってそういうものじゃなかったの……？」

「馬鹿言え！　あれは半分もやれば良いほうだろ。お前あんだけいろんな書物読んどいて試験対策のこと書いてるのは読んでねえのか!?」

そういえばそんな本もあった気がする。

とにかく全部覚えるために優先度を下げたんだった……反省しなければ。

「まあ必要なかったみてえだから良いけどよ……。あれは全体の三割も正解すりゃぁ合格ラインに乗る。時間的に半分まで解いて、その中で半分以上正解してりゃ合格ってわけだよ」

「そんな感じなのか……」

「お前はなんか、変なところが抜けてるよな……」

アウェンの言葉に何も言い返せなかった。

似たようなことを姫様にも言われた気がする。

まあいいや。今は次のことに集中しよう。

「次は実技試験だよね？」

「ああ。まあそっちもお前なら問題はないし、こっちは俺も問題ねえな」

確かに会場にアウェンより強そうな人はいない。

強さだけでいえばアウェンが言う通り問題ないだろう。

「じゃあ頑張――」

「リルトくん……かね？　少々話したいことがあるんだがよろしいかね？」

実技試験の会場に向かって歩き出そうとした途端、試験官をしていたギルン少将に声をかけられた。

「はい……？」

「いや驚かせてすまない。君は魔法の使用を申請していなかったが、答案を見る限り何かしらの魔法を利用したのではないかと思ってね」

「魔法……？」

横にいるアウェンに助けを求めてみる。

「うぇっ!?　俺かよ……えっと……そいつは多分ですが、自力で全部やるやつですよ」

「まさか……君も受けたなら分かるだろう？　この試験で全問解答し、ざっと目を通す限り間違いもないのだ。ましてや最後の問題など……正直なところ私でもこれだけの答えを出せたかと言われれば怪しい……」

ギルン少将の顔は困惑に染まっており、この状況でその表情が示すことはつまり……不正行為に対する疑いだろう。

困ったな。

要するに何か魔法で不正がなかったか、というのが問題なんだろうけど……身に覚えがないものを証明するのは難しい。

頭を悩ませていると横から一人の男が声を上げた。

「そいつは不正をしていました。ミルト子爵家の五男、バードラが見ておりました」

「ほう……？」

声を上げたのは先程の取り巻きを含む三人組のリーダー格、バードラだった。

「おいおいお前、なんかやらかしたのか？」

「いや……そんなことはないんだけどなぁ」

「だよなぁ……不正が必要なのはむしろあいつらって感じがするし……」

アウェンが耳元で割と失礼なことを言っていた。

「バードラくんは彼が何故不正をしたと……？」

「簡単なことです。全問解答の上、間違いが見当たらないなど、どう考えても何かしらの不正なしには成し遂げられるものではありません。私たちですら六割の問題を解くので手一杯だったのです」

「バードラさんの言う通りです！」

「そうなんだぜ」

取り巻きも一緒になって盛り上げていた。

それを受けて少将が静かにこう告げた。

「確かにこれは人間業ではない。だがもし、もしもの話だが……彼が自力でこの答案を提出したのだとすれば、私は彼が我が軍の未来を背負って立つ男になると考える。バードラくん、君は先程ミルト家の名まで持ち出したが、撤回はしなくて良いかね？」

そのオーラが、先程までの厳しさと優しさを兼ね備えた講師としての顔でなく、軍人として、少将としての顔であることを示している。

「うぐ……」

重々しいプレッシャーを受け、バードラは一歩後ずさったが、すぐ気を取り直したようにこう答えた。

「も、もちろんです」

「ふむ……では、リルトくん。悪いが調査に付き合ってもらおうか。このあとの試験は受けられなくなるが、もし不正がないと分かれば実技試験を受けていなくとも私が必ず君を最上位のクラスに推薦し、編入させる。それで構わないかね？」

最上位のクラス……。

試験の目的はふるいにかけること以上に、このクラス分けの意味合いが強いという話は聞いていた。

最高位になると、もはや最初から見習士官ではなく少尉クラスとして実地訓練に参加するという。

実技試験なしでそれを約束してくれるというならラッキーだと思おう。

「分かり――」

「お待ち下さい」

答えようとしたところで、横から今度は凛《りん》とした女性の声に遮られた。

「おい。あれって例のお姫様だぞ」

アウェンに言われるまでもなく、先程注目を集め、俺が咄嗟に飛び出して助けてしまったあの第二皇女、メリリアであることは分かった。

言葉から感じる気品のようなものが、姫様と重なるのだ。

「メリリア＝リ＝ラ＝ガルデルドです。今のお話、私の名の下で全面的にこのリルトという方の証言を保証しましょう」

「なっ!?」

メリリアの凛とした声が教室に響く。

まず反応したのは汗をだらだらと流したバードラだった。

「おっ！　お待ち下さい姫様！」

スッとメリリアの視線がバードラに向けられる。

それだけで背筋が凍るような、冷たく、近寄りがたい表情をしていた。

声をかけたバードラとその取り巻きの発汗量が増えている。

「ひっ……」

「なんでしょう。バードラさん」

バードラはなんとか表情を作り直してこう続けた。

「お名前を覚えていただいていただなんて光栄の極み……それよりもその男、不正を働いておりました。それは私、ミルト家五男であるバードラが――」

バードラの言葉は最後まで紡がれることはなく、メリリア殿下の言葉に遮られた。

「その言葉は先程も聞いております。その上で私は言ったのです」

「そんな……どうして……？」

バードラにとってみれば俺の不正が認められなければ家の名に傷をつける事態。

その調査すら姫様の一言で出来ないと言われれば、絶望するのも無理のない話かもしれない。

「良かったじゃねえかリルト」

アウェンが肩を叩くが、俺はメリリア殿下へ向けて頭を下げながらこう言った。

「恐れながらメリリア殿下。私の潔白がギルン殿の調査で明らかになるのであれば、そのようにしていただいて構いません」

出過ぎた真似かと少し焦るが、メリリア殿下の口から出た言葉は予想外のものだった。

「あら、さっきみたいに姫様と呼んでくれないのですね」

「あっ……あれは……」

「ふふ。良いのです。それに気を使う必要もありません。そちらの三名こそ、不正行為を働いていましたからね」

「それは本当ですか!?」

反応したのはギルン少将だった。

三人を見ると確かに、その表情、発汗、態度のどれをとっても黒だった。

「はい。記憶共有魔法により、三人で試験を受けていましたから」

あ、それだめだったのか……。なるほど。

「お待ち下さい！　そのような証拠はどこにも……」

「やはりこのようなことをする方々は頭が回らないようですね……」

メリリア殿下の辛辣な言葉に絶句するバードラ含む三人組。

「貴方方の他に、貴族の子弟が少ないことに疑問を持ちませんでしたか？」

「それは……」

「貴族家の中ですでに優秀な結果を残す者たちは、この試験が免除されています」

「ぐっ……」

そうだったのか。

バードラの表情を見ると、知ってはいた様子はある。

「そこに皇族である私が来たこと、私がただの無能に見えましたか？」

「そのようなことは決して！」

「では、もう少し頭を働かせるべきでしたね……」

静かに一呼吸置いて、メリリア殿下が続けた。

「私がこの試験会場にいるのは試験を受けるためではなく不正の取り締まり……どちらかといえばギルン少将に近い立場として参加していたのですよ」

「なっ……」

バードラが固まる。

驚いた。そんなパターンもあるんだな。

いや、まあ分からないでもない話か……。そんな役割を担う皇女様は相当優秀なんだろうけど。

「試験中、私だけは魔法の使用が自由です。不正を働く貴方たちの魔力を記録することも、容易《たやす》いのです」

そう言いながら証拠になる記録紙を見せるメリリア殿下。

「貴方方の試験資格を、剝奪します。また各家への処罰も追って沙汰がくだされますので、お早めにご実家にご説明に戻られたほうがよろしいのでは？」

残されたのは顔面蒼白で何も言えなくなったバードラと、あまりの出来事に固まる取り巻きの二人だけだった。

だがバードラはそこで終わらなかった。

「おい……」

「ん？」

バードラが冷や汗をだらだらと流しながらもこちらを向いた。

「決闘だ」

「え？」

「俺と決闘を行え！」

決闘……。

帝国の歴史を学ぶ中で出てきたな。

貴族には決闘を挑めばその時点での罪にかかわらず、望むものを賭けて戦うことが出来る。行われるのは純粋な戦闘勝負であり、強い者が成り上がるという軍事国家ならではの単純なパワーバランス維持のための制度だった。

だが最近はこの制度は使われていないという。法が優先するようになり、決闘のメリットはほとんどなくなった。

そしてこの制度はあくまで、家を賭けた貴族同士の制度。まだ爵位を継いでいない者には適用されていない。

「バードラさん……苦し紛れとはいえこの国を侮辱する行いですね」

様々な矛盾を抱えた提案にメリリアが呆れた様子でそう告げた。

　だがバードラは怯《ひる》まなかった。

「おい！　俺と正々堂々決闘を行え！　もしお前が勝てばその身の潔白この私が証明してやろう。だがもし私が勝てば！　全ての罪を償いこの国から消えろ！」

「めちゃくちゃ言ってやがるな……」

　アウェンがため息をつきながら呆れる。

　メリリアはもはや信じられないという様子で見つめることしか出来なくなっていた。だがすぐ気を取り直したように口を挟む。

「その条件が本当に通ると思っているのですか？　貴族が平民に決闘を挑む場合、負ければ命を、少なくともお家取り潰しを賭けます。本来貴族はそのような強き存在であるからこそ、その地の統治や国を支える役職を任されているのです」

「ぐっ……ではこうしましょう。私が負けたときはそれで構いません。ですが勝てば！　この話は全てその男が責任を取るというのは」

「そんな身勝手なことがまかり通るはずが――」

「良いよ」

　メリリア殿下の言葉を遮ってしまって申し訳ないが、バードラを抑えるためには俺が出たほうが早いことが分かる。

　何より決闘ってシステムに興味がある。

「リルトさん……良いのですか？　負ければ要らぬ罪を被りますよ？」

「ええ。ですが私が済ませたほうが姫様やギルン少将のお手を煩わせないかと思いますので」

アウェンに言われた『覇気』を意識して安心感を与えられるように努めたが、その余波はバードラのほうにいったらしい。

「ぐっ……」

「ほう……これならば……」

たじろぐバードラに対して、ギルン少将は納得したようにうなずいていた。

うまくいったようだ。

「……分かりました。時間をかけない方法で行います」

「いえ姫様。ここはこれを試験として利用しましょう」

「ああ。それは良いですね。どのみち次は実技試験でしたね」

不敵に笑うバードラとその取り巻き以上に、メリリア殿下とギルン少将の悪戯っぽい表情が印象的だった。

六話　あっけない決闘

「ではこれより、実技試験の内容を説明する」

ちょっと条件が特殊になった俺だが、一度皆と同じく最初の広場に集まるようにとのアナウンスがあったのでそれに従った。

「軍においては優秀な者は作戦指揮を執っていくことも多い。だが優れた個人が集団を圧倒する例が主流となる今、冒険者と軍においては優秀な戦闘能力を持つ者を入学させる方針を取っている」

ギルン少将の声が広場に響く。

魔法があれば確かに、一人で万単位を相手にするような英雄だって現れることがあるというし、実際そうなんだろう。

「そこで実技試験では直接戦闘技術を見るために模擬戦を行う」

周囲がざわめかないということは模擬戦になることは分かっていたということだ。

俺はそのあたりの情報だけ収集していなかったので知らなかったが毎回同じなのかもしれない。

「候補生同士で戦闘を行えば危険が伴う。よって特例を除きそれぞれの試験官との模擬戦を行い、その様子を見て判断することになる。どの者も武装した一般兵士一〇〇人は相手取れる猛者《もさ》だ。胸を借りるつもりで挑むと良い」

実力差のある相手であれば加減をしてもらった上で実力が見られるというわけだな。

だがギルン少将の言葉はそこで終わらなかった。

「一部、すでに実力がそこに達している者も見受けられる。その者たちは特例としてこちら側……つまり試験官側として実技試験は行ってもらう。もちろん筆記に問題がなければその者たちは最上位クラスに行くことになる」

おお……。そんな制度まであるのか。

いや周囲の様子がこれまでと変わり、ささやき合う声が大きくなっていた。

「おい……こんな制度あったかよ」

「いや、聞いたことねえよ。というか一般兵士一〇〇人って……Bランク相当ってことだろ？　そんなん最初からこんなとこ来ねえだろ普通」

「いくら何でもそんなつええやつがこんなとこにいるわけねえよな……そりゃ」

Bランクという声が聞こえたところから考えるとおそらく冒険者志望の人間たちだろう。

Bランクといえば冒険者の中でも一握りの大成功を収めた者と言えるはずだ。彼らが言うことも分かる。

「ねえねえ。もしかして私、選ばれちゃったりして」

「まさか……でもそうね、選ばれてたらちょっと、テンションは上がるわよね」

こういった声もちらほら聞こえていた。

確かに選ばれれば実質試験はクリアだ。期待するのも分かる。

そしてバードラはまさにこちら側だった。

「なるほど……こういった趣向を凝らしてやつとの決闘の場を設けてくれるとは……あの少将、なかなか話が分かるじゃないか」

「バードラさんなら選ばれて当然！」

「むしろここまで普通に試験を受けさせられてたのがおかしいんだぜ！」

選ばれることは決定事項のようだった。

まあ確かに、さっきの流れで考えるとバードラを試験官にして俺が挑戦すればそれでいけるのか……。

「ではこれより名を呼ばれた者から前に出よ！　選ばれた者に試験の注意点や進行方法を伝えた後、試験を始める！」

「おいリルト」

ギルン少将の発表が始まろうとしてるところで、アウェンに声をかけられた。

「ん？」

「お前はほぼ間違いなく呼ばれるだろうから先に言っとくが……他のやつはともかく、あいつらには加減しねえでいいからな」

バードラたちを指して言った。

「ここで見せつけとけ。お前の力を少しでも」

俺が選ばれる前提でいることにツッコミを入れようとしたところで、ギルン少将が名前を呼び始めた。

一人目は誰もが納得の人物だった。

「メリリア＝リ＝ラ＝ガルデルド殿下」

「はい」

周囲の人間が思わず息を呑むほど優雅な所作で前に進み出る。

「当然だな」

「うん。むしろ本人が試験に来たんじゃないって言ってたしね……」

さっきの話を聞いていた俺とアウェンはもちろん、周囲からも反対の声は上がらない。

続けて呼ばれたのは……。

「アウェン＝リッシュ」

「おう」

ニカッと俺に笑いかけてからアウェンが前に進み出る。

なるほど確かに実技ならうってつけだ。周囲の評価を含めて。

「あれって黒刃の……？」

「賞金稼ぎのか……もう随分稼いだんじゃないのか？」

「いやよくあるだろ。賞金稼ぎから食い扶持増やすために冒険者もやるとか、軍で安定収入狙うとかさ」

「まあどっちにしてもつええよなぁ……俺メリリア様のとこ行きたい」

「馬鹿言え。メリリア様も桁違いの魔力持ってんだろうが」

なるほど……。

二人とも有名人だな。

そして想定外はここからだった。

「サラス＝アイン」

「ん……」

あの娘《こ》は……。

「あいつ！　バードラさんの服に汚れをつけたくせに何をのこのこと！」

バードラの取り巻きが騒ぐ。

そう。あのときバードラにぶつかってしまったドワーフの少女だった。

「……誰、あの子？」

「目見えてるのかしらあれ……」

「というかなんであんな子が……？」

「でもラッキーじゃない？　あの子倒せば合格でしょ？」

「確かにー」

評価はそれまでの二人と比べて悪い方向に一転していた。

ただ何人かはその少女をやや緊張した表情で見つめている。俺もこの段階になって初めて気付いた。

　パッと見ただけでは気がつかなかったが、あの娘魔眼持ちだ。改めて見ると相当強力なものを身に付けていることが分かる。

　有名な魔眼だと石化魔法とか魅了だけど……。

「あれは一体……」

　ただの少女というわけではないらしい。

　だが話題はギルン少将の言葉で一気に切り替わる。

「さて、次の者で最後だ」

　ざわめく受験生たち。

「俺かな？」

「私だったりして」

　冗談交じりに期待を口にする受験生の中でも特に際立って目立つ人間がいた。

「俺に決まっている。しかしこうして最後に私を残すとは、良い演出ではないか」

　名前も呼ばれていないのに進み出ていくので、周囲の人間も戸惑ってそちらに目を向ける。

　バードラだ。

「名など呼ばずとも良い。私だろう？　分かっている」

　堂々たる歩みで前に進み出たバードラだったが、ギルン少将は呆れた顔を浮かべたあと何も言わず名前を告げた。

「リルト＝リィル」

固まるバードラと取り巻き。

ギルン少将が早くしろと目で訴えかけてくるので微妙な雰囲気の中、返事をした。

「はい……」

やりづらい空気だが、とりあえず進み出ると周囲の声が聞こえてきた。

「あれって試験前に……」

「あー！　あれなら確かに納得だわ」

「何の話だよ」

広場の一件を見ていた人間からはこんな声が上がる。

そして一方で……。

「なあ、あの貴族の男……」

「ぷふっ……いや笑ったら可哀相だって」

「いやでもなあ……ふふ……」

目立ったバードラに対する嘲笑もよく聞こえてきた。

自業自得なんだけど……そんなことが通じる相手じゃないことはここまででよく分かっている。

「貴様ぁ……」

顔を真っ赤にしたバードラに睨《にら》みつけられながら、メリリア殿下やアウェンたちのもとにたどり着いた。

そして呼ばれていないバードラはこう告げて下がっていった。

「よろしいよろしい。これは私の実力をしっかり見ておきたいという訓練校の意向だろう？　皆まで言わずとも分かっているさ」

「流石バードラさんなんだぜ！」

「あんなやつより注目されるべきお方だ！」

それでも周囲の好奇の視線は止むことなく、顔を赤くして握り拳をプルプルと震わせるバードラへ惜しみなく注がれ続けていた。

◇

「はぁ……はぁ……なかなか、やるじゃあ、ないか……」

杖を片手に息を切らすバードラがそこにはいた。

「ねえ、あのバードラってやつ一人で何やってるの？」

「試験官のあの人、一歩も動いてないのに全部外すって、そんなこと普通ある？」

「試験官が凄いのかもしれないけど……どっちにしてもありゃ合格はないだろ」

周囲の言葉通り、俺は一歩も動かなかったんだが、弾幕と言って良いほど撃ち込んできたバードラの魔法はわずか三発しか俺のもとには届かなかった。

威力もないに等しい状態だったので軽く受け止めただけ、見た目こそ派手な魔法を使うんだが、はっきり言って実力がないようだった。

ただそのことに本人だけは気付いていないようだが……。

「だが私の力はこんなものではない。見ろ。その証拠にお前は一歩もそこを動けていない。私があえて外してやっていなければこうはなっていない。降参するなら今だぞ？」

流石に相手をするのが面倒になったのでギルン少将に目線を飛ばすと、静かにうなずいた。

「もう終わらせてやれ」と目で訴えかけてきている。

決闘といったもののこうも力差があるとあまり機能しないようだった。

「お前はなかなか見込みがある。私に跪《ひざまず》いて許しを請うなら先程の件も私の力でなかったことにしてやってもいい。どうだ？　悪い話じ――かはっ!?」

喋《しゃべ》ってて隙だらけだったので後ろに回り込んで手刀を落としておいた。

死にはしない。いやまあ……決闘のことを考えると家ごとなくなる可能性はあるのか……。

というかそもそもあのメリリア殿下が最初に自分のほうに飛んできた魔法に気付いてないはずがない。許されないだろうな。

「はい。じゃあ次の人、どうぞ」

嫌なことを考えても仕方ない。

今の俺は試験官。なるべく相手の実力をフルに発揮させてあげるように戦う、とのことだったのでそれに集中しよう。

「え……バードラってやつ、急に倒れなかったか？」

「あの試験官なんかしたか!?」

「見えなかった……」

「いや一瞬消えてただろ」

何故かバードラとやったあと、俺の列から人がいなくなってしまった。

「困った……」

仕方ないから他の人の様子を見ながら誰か来てくれるのを待つことにした。

ふと頭をよぎる。

「姫様大丈夫かな?」

心配なのは姫様より、周りの従者だったりするけど……。

七話　捜索

「なんとしても捜し出しなさい！」

「で、ですが国内どこを捜しても見当たらず……」

「言い訳はいらないの。見つけるのよ！　なんとしても！」

「そんな……」

「出来ないのかしら？」

「い……いいえ！　すぐにまた捜索隊を送ります！」

リィトが旅立って数日。

最初は彼がいないことに対する怒りが募った王女キリクだが、何日経っても現れない執事に焦りを覚え始めていた。

頭をよぎるのは自分のせいでリィトがいなくなったのではないかという後悔の念。

そんな不安を払拭するために、同じ過ちを繰り返していることにキリクはまだ気が付かない。

たった数日しか経っていないのに、代わりに補充された執事候補はすでに三人も職を辞していた。

◇

「どうして……」

もう何日もろくに眠れていなかった。

毎日あいつのことを思い出してしまう。

「どうして私の前からいなくなったの！　リィト！」

許さない。見つけ出さないといけない。

なんとしても……どんな手を使っても……。

「絶対見つけ出す……」

あいつと初めて会ったのは、私が嫌々慰問で孤児院を訪れたときだった。

◇

「まさか王女殿下にお越しいただけるなんて……！　光栄でございます」

なんかふっくらした見栄えしないおばさんがそんなことを言ってた気がする。

私を連れて来た大臣のビレインもよく分からない挨拶を返していた。

「グランマ！　これここに置いとくよ」

「ああ、いつもありがとねえ。リィト」

「ほう……あの年齢で手伝いを……？」

「いえ……実はお恥ずかしいのですが、あの子のこなす仕事はもはやお手伝いの領域を超えていまして……洗濯物や掃除、孤児院中の食事の管理まで、むしろ最近では私がお手伝いのようで……」

「なんと!?　彼は一体何歳ですか!?」

大人二人がそんな話をしている横で、確かに彼はよく動いていた。

お城で私の着替えを手伝うメイドも、食事を持ってくる給仕も、あんなにテキパキ動かない。

同世代くらいの彼に目を奪われていると、あろうことか、生意気にもあいつは私に手を振ってきたのだ。

「っ!?」

一瞬だった。

それだけで、私に興味なんて失ったみたいにあいつはまた仕事に戻った。

本当によく働く男だった。

「ビレイン。あいつを連れて帰るわよ」

「キリク様……流石お目が高い。私もそうするつもりでした」

孤児が王宮に連れて行かれるなんて名誉なことこの上ない。

孤児院にもお金が入るし、選ばれた孤児は大出世だ。

きっと私に感謝して頭を下げるに違いない。

そう思って声をかけた。

「喜びなさい。私は貴方をお城へ連れて行ってあげるわ」

だというのにあいつは、大した反応も見せずにこう言ったのだ。

「へえ。君はお姫様なんだね。僕はリィト、あっちに美味《おい》しいりんごがなってるんだ。一緒に食べようよ！」

「へっ!?　ちょ、ちょっと!?」

「はは。気をつけて行くのだぞ」

「ビレイン!?　ええ!?」

同世代の男の子と話したこともほとんどなかった。

だというのにいきなり手を取られて、突然走り出して、私はドレスで動けないのに、お構いなしに走っていったのだ。

「はぁ……はぁ……あんた……」

「はい」

「なんなのよ……ほんと……」

「食べてみて」

そう言われて仕方なくかじる。

「ぁ……」

「どう？」

でも、そのとき食べたりんごより美味しい食べ物を、私はまだ知らない。

◇

それからリィトはまたたく間に王宮で行うべき仕事を全て吸収していき、半年も経つと彼に出来ない仕事はなくなっていた。

一年も経った頃にはもう、私が見る限り王宮の誰よりも仕事が出来ていた。

私の身の回りの世話をさせるために連れてきたのに、何でも出来るリィトはいつの間にか大人たちに引っ張りだこになっていた。

「リィト。ちょっとお茶を」

「ごめんキリク様。僕ちょっと頼まれごとをしてるてね」

「リィト。この服なのだけど」

「すみませんキリク様。今手が離せないもので……」

「リィト」

「申し訳ありません姫様」

本来なら私の言うことを無視するなんてとんでもないこと。

だけどリィトは何でもこなすから、いつの間にか私より発言権のある大人たちに取られていた。

だから私は、リィトを自分専属の執事にした。

「痛くはありませんか？　姫様？」

「うん！」

髪を梳《と》かしながらリィトが聞いてくる。燕尾服《えんびふく》もすっかり様になっているし、私を一番に考えることが仕事になった。

しばらく独り占めに成功した。

でもそれも、長くは続かなかった。

リィトは優秀すぎた。

「リィト！」

「はい。今日の髪型はこちらです」

「え、いつの間に……？」

「食堂に食事もご用意してあります」

「ええ……」

「では私は少しビレイン卿《きょう》のもとへ行ってまいりますので」

「えっと……」

私の生活に必要なことは全て先回りで済ませて、他の仕事まで抱え込むようになったのだ。

当然、優秀なリィトを周囲の人間は手放さない。

私もそれなりにやることが出てきただけに、リィトとの時間は日に日に少なくなっていった。

「リィト？」

「どうされましたか？　姫様」

だというのに、仕事は完璧。

こうして呼び出せばいつの間にか私の前に現れる。

だから私は……。

「リイト、貴方に命令を与えるわ」

リイトでも出来ないだろう仕事を考えて、押しつけて、私以外に構う時間など作れないようにしたのだ。

リイトはそれすらも全てきっちりこなし続け……そして……。

「……」

考えれば考えるだけ、色んな感情が沸き起こって押し潰されそうになった。

でも……。

たとえ地の果てまで追いかけてでも……絶対に見つけ出す。

私から逃げるなんてとんでもない。許されないことだ。

「絶対見つけてやるんだから……」

見つけたらどうしてやろうか……。

まず紅茶を入れてもらわないといけない。リイトより美味しく紅茶を入れられる使用人はいない。

次に髪のセットだ。リイトほど私の髪を知って、整えてくれる人はいない。

庭木も気に入らなくなってきた。私の気分に合わせて庭師に指示を出していたリイトがいないから。

あとは……。

やらせることはいくらでもある。

でも……何よりもまず……。

「絶対見つけて……」

そして……。

「謝って……やるんだから……」

枕はもう、涙でびしょびしょになっていた。

八話　最初の授業

入学試験は無事終わった。

アウェンも実技で試験官に選ばれたこともあり、二人ともめでたく最上位クラスでの入学となった。

「にしてもこれ……入学試験にいたの、俺たち四人だけじゃねえのか？」

アウェンが言う通り、指示された部屋にはあのとき試験官側になった人間以外、見知らぬ生徒しかいなかった。

試験なしに入学を決めているエリートたちということか。

その中の一人、金髪をかき上げた姿が印象的な男が椅子にふんぞり返ったまま声をかけてきた。

「おや。出来損ないの中にも少しはマシなのがいるということか。せいぜい足を引っ張らない程度に頑張ってくれたまえ」

「ギーク、あんまりいじめちゃ可哀相じゃない？　試験受けないといけなかったやつらなんてどうせそのうち落ちるんだし」

「そうよ。私たちはもう実戦に出てるんだし、あんな素人とは違うんだしさぁ」

ギークと呼ばれた男は両脇に女の子を侍《はべ》らせている。

服装だけでまあ、見るからに偉い……というか偉そうな感じだった。

いや待てよ……この顔、見覚えがある。

「まーた変なのが出たな」

アウェンがこれ見よがしにそう言うが、男はもう興味はないとばかりにこちらから視線を外していた。

覚えている。

姫様に仕えていたとき、幼かった彼を何度か見ていた。

ギーク＝フォン＝カルム。カルム辺境伯の跡取りだ。

そしてカルム辺境伯はアスレリタ王国、キリク王女と繋がりがあった唯一の帝国貴族。

そんなことを考えているとふと後ろから声が聞こえた。

「ごきげんよう」

「メリリア殿下」

「殿下はやめましょう。ここでは皆同じ生徒ですから」

「ですが……」

「それに、私にだけ敬語というのも少し……寂しいですね」

ずるい人だった。

唇を尖《とが》らせるその姿もわざとだというのに画《え》になる、そんな人だ。

「これはこれは。メリリア殿下。ご機嫌麗しゅう」

「ええ、ギーク殿。皆さんお揃いのようで」

あれ？　俺には敬語がどうこう言ってたのに？

どうやらその疑問はギークのほうも感じ取ったらしい。

「ちっ……目障りな愚民だな」

俺にだけ聞こえるようにぼそっと耳元でそう言いながら席に戻っていく。

いらぬ反感を買ったな……。

何か答える暇もなく、担当教官が教室へやってきた。

扉をくぐるほど大柄なその姿は……。

「揃ってるか？」

ギルン少将だった。

「よーし。特別クラスを担当するギルン、階級は少将、さて問題だ。私のクラスは何番になる？

そこのやつ、答えろ」

「はっ。クラスⅦになります」

「そうだな。試験がなかったやつらの知識レベルもこうして確認していく。軍では馬鹿がどうなるか知ってるか？　お前ら」

ギルン少将の質問の意図を理解した者は半数くらいだろうか。

ギークが率先して答えを告げた。

「馬鹿は前線に送る。それが働き者であればあるほど早い処理を求められます」

「うむ。ここにいる者たちは将来我が国を背負う立場を期待された者たちだ。そうであっては困る。故に諸君、よく学べ」

馬鹿は前線に送る……か。

それに働き者であればあるほど……冷たい話だが理にかなっている。

同じ馬鹿なら何もしないでいてくれたほうが被害は広がらないからな。

「早速だが、君たち最上位クラスの者には数ヶ月もすれば実戦の場に向かってもらうことになる。そのとき君たちが馬鹿ではないことを心から祈っている。だが君たちはクラスゼロ、見習士官だ。戦地で期待される役目は前線での活躍というケースも大いに有り得る。そのためこれから実戦までの期間、君たちは主に、魔法訓練、剣術訓練、戦略訓練の三種を徹底して取り組んでもらう。剣術と言ったが得意な得物があればそれでも構わん。とにかく強くなれ。そして頭を鍛えろ。良いな？」

「「はっ」」

いよいよ訓練校生活が始まった。

◇

「魔法訓練は私が担当するわ」

「師匠！」

「あら……師匠はおやめなさいメリリア。ここではアイレス教官、もしくは中佐とお呼び」

「……はい」

魔法訓練の担当はいかにも魔術師然とした全身黒いローブの小さな老婆だった。

メリリアが師匠と言ったことから、宮廷魔法使いであることが窺《うかが》い知れる。

「では魔法訓練ですが、軍人の皆さんにとって魔法は戦況を左右する最も大きな要因の一つです」

アイレスさんの説明が始まる中、ギークとその取り巻きは退屈そうに話を聞いていた。

その様子に気を取られていると突然、背後からあのドワーフの少女が声をかけてきた。

「ギークたちは実戦経験あり。そして魔法はそんなに出来ない。この授業は退屈だと思う」

「うぉっ!?　なんだぁ、おめえ」

気付いていなかったアウェンは思わず声を上げて教官に睨まれていた。

「私はサラス。今は教官の話に集中」

「おめえが話しかけてきたんだろうが……ったく」

サラス。あのとき試験官側に選ばれた魔眼持ちのドワーフの少女。

入学試験で使っていたのは身体より大きな斧《おの》だった。

魔眼の力によるものなんだろう、そこまで筋力があるようには見えないからな。

そんなことを考えていると、驚いたことにサラスが心の中の声に反応するようにこう言った。

「正解。でも、それだけじゃない」

「心が読めるのか!?」

「表層化している心の声は聞き取れる」

「それは……」

凄い。

魔眼にも色々あるらしいが複数の効果を持つのか、それともユニークな魔眼か……。いずれにしても凄いことには変わりはなかった。

「ありがとう……。でも、これは貴方もやっている」

少し顔を赤くするサラス。

なるほど正面から褒められるのには弱いのか……。

そして確かに、俺も表層化した心の声は聞き取れる。いわゆる顔に出るというやつだった。

今のサラスはそれにしても分かり易すぎる反応だったけど……。

と、そろそろ集中したほうが良さそうだ。

「まず今日は個人の技量を見るために貴方たちに石の破壊を課題として与えます」

「石……?」

「課題のルールは簡単です。魔力を使いこの石を破壊すること。ここにある石のうち、どれか一つでも壊せればそれで合格とします」

大小様々かつ、それぞれ色味の異なる結晶のような石がアイレス教官の魔法によって宙に浮かんでいた。

「本日中に壊せなかった者は休暇を返上してもらい、魔法訓練の補講を行います」

「うげ……俺魔法苦手なんだよなあ……」

アウェンがぼやく。

そしてほとんどそれと同じ表情をギークが浮かべていた。

「ちなみに……壊した者は自由にして構いません。帰ってもよし、友に学びを授けるでもよし、そして……」

次の一言でクラスの雰囲気は一変した。

「ここにある石を全て壊しきってしまっても」

自分の合格点を取った後、他者を蹴落とすことも出来るということだ。

ほとんどの生徒は悪意ではなく焦りの表情を浮かべる。

考えさせる時間を与えず、アイレス教官が開始の合図を出した。

「それでは、始め」

開始とともに一つ、特大の青い結晶が弾《はじ》け飛ぶ。

「メリリア、合格」

流石だ。氷結魔法で凍らせ、あとは軽い衝撃を与えればそれで終わり結晶は壊れる。

魔法が得意な者にとっては造作もないことだろうが、この授業の狙いはそこじゃないな。

「アウェン、魔法はどのくらい出来るんだっけ」

「あー……一応風魔法で簡単な防御くらいは出来るけど……攻撃はほとんどこれだからなあ……」

背中に背負った黒い剣を指して言う。

それでも十分だろう。

「剣で補助してもいいと思うよ。斬撃だけ風魔法として飛ばせる？」

「一応やろうと思えば出来るが……威力が低くて曲芸にしかならねえぞ？」

「多分大丈夫。あそこにある緑の石を狙ってそれをやってみて」

「あ？　こうか？」

アウェンは背中の剣を抜き去り、その勢いのまま上段から振り下ろす。

風の刃となった斬撃は吸い込まれるように緑の結晶を打ち砕いていた。

「おおっ!?」

「アウェン、合格」

「すげえ……なんでだ？」

自分が一番驚いているアウェンに種明かしが行われた。

俺からではなく、サラスからだが。

「この課題は、魔力の多寡を測るものじゃない」

「うぉっ……後ろからボソっと喋るのなんとかならねえのかおめえは」

アウェン、基本的に正面切っての戦闘専門なんだろうなあ……。

アウェンのつっこみはお構いなしに、サラスはマイペースに話を続けた。

「魔力は相性。各物質や人物には、弱点となる属性が存在する」

「弱点……？」

「攻撃の通り易さが物質によって違うんだ。軍事においてその弱点をいかに隠して、いかに暴くかが重要になるから、その見極めの課題ってこと」

「ほー」

俺から補足するとアウェンが感心したように呟《つぶや》く。

「あの石にはあえて弱点となる属性や、破壊に必要な威力を固定しているみたいだから」

そんな話をしているうちにどんどん結晶が破壊されていっていた。

「ミレイ、合格」

「アイナ、合格」

「ルート、合格」

しかしこの状況で魔法を維持しながら正確に誰が放った魔法かを見抜くアイレス教官、本当にただ者じゃないな。

「よし、俺もやるか」

相性を見抜く試験だと言うなら簡単な魔法で済ませられるだろう。

赤い結晶に目星をつけ、簡易の火魔法を放った。

――だが
「おっと、悪いな。あれは私が先に狙いをつけていたんだ」

横から放たれたギークの魔法に俺の魔法がかき消されていた。

だがギークの魔法も石には届かない。

俺の魔法をかき消しただけでその場で消失していた。

「ま、別のを狙えばいいか」

取り合っても仕方ないしな。

青い結晶に水魔法を放つ。

だがこれもまた、ギークの取り巻きの魔法に撃ち落とされていた。侍らせていた女子とはまた違う生徒だった。

「くふふ……あいつら間抜けに魔法を無駄撃ちするだけで永遠に合格出来ないですよ。ギークさん」

「補講でも何でも受けてくれればいいんですよあんなやつら。そのうちいなくなってくれたらもっといい」

「あいつらが魔力切れしてからじっくり狙えばいいですよね」

なるほど……。

その様子を見て俺より先にサラスが動いた。

「この課題の目的は魔法の特性を、相性を見抜き、対応すること」

サラスの右目から魔力がほとばしり、周囲に衝撃波のような風の渦が巻き起こる。

その様子にクラス中の注目が集まる。取り巻きの一人が思わず声を上げていた。

「うぉっ……これは……」

「でも、力でねじ伏せたって、戦争には勝てる」

サラスの言葉通りというべきか、宙を浮いていた結晶石の半分以上が一斉に地面に激突し破壊された。

妨害のために慌てて飛ばされた魔法もろとも……。

「サラス、合格」

魔眼の力だろう。あれは……。

「ん。私の力は、重力操作」

だから試験官のとき、身体より大きな斧を自在に操っていたのだ。

しかし魔眼は場合によっては個人の切り札にもなり得る武器だ。

「随分あっさり明かしてくれたな」

「ん……知ってた、でしょ？」

そうか。お互いお見通しというわけだったらしい。

ギークたちは為《な》す術もなくその様子を見守っていたが、息を吹き返したようにまた騒ぎ出した。

「くそ……なんて威力だ……」

「でもあの横のひょろいのはまだなんもしてねえ！」

「そうだ！　あいつは合格にはさせるな」

「いや今ので半分なくなったぞ!?　俺たちも自分の分やったほうが……」

妨害に必死で自分の課題はまだのようだった。

ギークが取り巻きたちに言う。

「全員の合格を確認したら結晶石を破壊し尽くせ」

そう来たか……。

それなら……。

「サラス。アイレス教官だけ何かしら守る魔法、使えるか？」

「ん。任せて」

答えるのとほとんど同時にアイレス教官の周囲に魔法障壁が張り巡らされる。

普通の魔法使いなら上級の者を揃えて三人必要なほどの頑丈な障壁だ。

サラスの力はやはり、魔眼だけじゃないな。

「これでいい？」

「十分。ありがとう」

久しぶりに使う大技だから念のためと思ったけど、十分すぎる保険になった。

「おい！　あいつらなんか仕掛けてくるぞ、急げ！」

ギークたちのほうからいくつか魔法が放たれる。

その魔法が届くより早く、俺の魔法が放たれた。

「これは……」

呟いたのはメリリア殿下。

見たことのない魔法だったかもしれない。いや、それを狙って放った魔法。

大技になればなるほど、どうしたって王国流がちらついてしまう。それを防ぐために、魔物の魔法を真似て作ったのがこの……。

「ドラゴンブレス」

「なっ……!?」

「俺たちの魔法が！」

ギークたちの魔法もろとも呑み込んだ極大の魔法が、残っていた結晶石を呑み込んで破壊し尽くした。

ドラゴンブレスの原理は単純そのものだ。ドラゴンが口から炎を放つように、無造作に手の平から炎魔法を射出するだけ。

必要なのは単純な魔力と、ドラゴンを間近で見たことで得られたイメージする力だけだ。

「リルト、合格。そして現時点で名を呼ばれていない者たちは補講です。詳細は追って伝えるので指示に従うように」

「なっ……」

「ぐっ……」

結局妨害に徹していたギークとその取り巻きだけが補講の対象となっていた。

九話　皇女との密会　その一

「見事な技でしたね、リルトさん」

「メリリア殿――」

「殿下は禁止ですよ？」

人差し指を俺の唇に押し当ててくる。

長いまつげがこちらに刺さるんじゃないかと思うほど顔を寄せられ思わずたじろいだ。

「ふふ。剣術の腕は一度見ていますし、魔法もあれだけの力……本当に貴方は何者なんでしょうね？」

「ただの訓練生ですよ。メリリアさん」

「あ、どうして私にはさん付けで敬語なんですかっ」

頬を膨らませて不満を顕《あら》わにするメリリア。整った顔立ちのおかげでそんな表情すらキレイだった。

「ここでは平等に生徒という立場ですからね？」

「じゃあ……メリリア」

また顔を近づけられたらと思いとりあえず従っておくことにした。

「はい。よく出来ました」

何故か頭を撫でられる。

なんでメリリアは敬語のままなんだとはちょっと、聞きにくい雰囲気だった。

「さて、本題ですが……周囲に人の気配がないタイミングを狙ってきたつもりですが……どうですか？」

耳元に顔を寄せてくるメリリアにたじろぎつつ、その表情を見て意識を研ぎ澄ました。

周囲の様子を探る……。

「こちらに注意を向ける者はいません……少し待って下さい」

「もう……早速敬語に戻って……でも今は仕方ありませんね。仕事モードというやつですか？」

「からかわないで下さい」

メリリアにとりあえずの返事をしつつ、盗聴を遮断する魔法を展開する。

ただ周囲に声を届けないようにするだけなら簡単なんだが、それではもしプロが交じっていたときに露骨すぎて逆に相手に仕掛けられてイタチごっこが始まる。これはそれまでの会話を装って自然なやり取りを移す魔法。

「これで大丈夫」

「凄い……。これなら試験のときでも、私では見破れなかったでしょうね。もっとも、こんな高度な術式が展開出来るならその必要がないことは自明の理ですが」

本心から感心している様子だった。

「あっ。こんなことまでしてもらったのだから早く用件を済ませないといけませんね。いくら何でもこんな魔法、そう長時間は展開出来ないでしょうし」

そういうわけでもないんだけどメリリアは返事を待たずに本題に入った。

「これを、渡すために」

「これは……」

胸元にさっと差し込まれたのは手紙。

だがその手紙、一瞬見えたその封蠟《ふうろう》は……王国の、キリク様のものだった。

「まさか……」

「ええ。申し訳ありませんが中身は私が確認しています」

「っ……！」

「身構えないで下さい。そもそも貴方をどうこうするつもりであれば私一人こんなところに来ませんし」

そうはいってもメリリアの魔法は底が見えない。

もし俺の知らない帝国流の魔法があるとしたら、対処しきれない可能性もある。

だがメリリアからも周囲からもそういった気配は感じなかった。

「警戒させてしまってすみません。中身は見ましたが、それは私だけ。ある伝手《つて》で私のもとに届けられましたが、その時点で開封されていないことも確認しています。私の言葉しか証明はありませんが、見たのは私一人です」

「内容は……」

「問題があればここには持ってきませんよ。それを見てどうするかは貴方が決めて下さい。今の時点でどう動こうが、私は……いえ、帝国は関与しないことを、ガルデルド帝国第二皇女、メリリア＝リ＝ラ＝ガルデルドが約束しましょう」

「なるほど……」

　とにかくこの場でどうこうするつもりはないようだ。

「私としては今後貴方には是非、帝国を背負って立つ軍人になって欲しいのですが。これまでの人となりと、手紙の内容と照らし合わせても問題がないと私が判断しました。ですので……」

「大丈夫ですよ」

　俺が今更キリク様に……いや王国に肩入れすることはない。

「ふふ。では、どうやらこの様子ですとしばらく手紙が続きそうですし、その度私たちは密会ということになりますね？」

　楽しそうに笑うメリリア。

　何を考えているのかいまいち分かりにくいが、本心から学生生活を楽しもうとしていることだけは分かった。

◇

訓練校の休みの日。

例の魔法訓練の補講があるということでアウェンは自分から受けに行くことにしたらしい。何でも「俺は本当の意味であの課題をクリアしたわけじゃない」とか。

見かけよりも真面目で、これまでも努力を積み重ねてきたことが窺い知れる言動だった。

「さて……それじゃ……」

改めて手紙の内容を確認することにした。

もちろん一通りの内容は見ているんだが、何か暗号がないかといった細かいチェックはここまで時間がなくてやっていなかった。

中身は……。

『リィトへ
どこで何をやってるのかしら？
私をこれだけ長く待たせて、覚悟は出来てるんでしょうね？
とにかく早く戻ってきなさい。これは命令よ。
貴方の給料も何もかも、私の一存でどうとでもなるのよ？
とにかく、一刻も早く戻ったほうが身のためよ？
いいわね？

分かったかしら？

ほんとに早く帰ってこないと、ただじゃおかないんだから。

いいわね！』


「……うん。暗号も何もない姫様直筆の手紙だ」

考えないといけないことは二つ。

まずはこの手紙を受けて姫様にどう対応するかと、帝国側に――いやこの場合メリリアにどう対応するかだ。

まずは姫様だけど……。

「どこから場所がバレたんだろう……」

もちろん数を撃っているだけということも考えられる。

まあバレていたとしても、その上で手紙しか出せないというのがここの安全性の高さを物語っているわけだけど……。

「探れば分かるんだろうけど……メリリア相手にそれをやるほうが今はリスクが高いかな……」

相手は帝国第二皇女。やるならそれなりの準備は必要だ。労力に見合うかと言われれば……この状況でそれを選ぼうとは思えない。

バレた原因を潰すより、事実を受けてその対応を考えたほうがいい。

「姫様はまあいいか」

手出しが出来ないというのが分かったし放っておいてもいい。むしろここで姫様が暴走してここに仕掛けに来れば帝国に返り討ちに合うだけだ。

そうなったときはそうなってから動いても何とかなるだろう。

メリリアも現時点では俺がどう動いても問題にしないと言っていたし。

これに関してはメリリアを信じるなら、という話になるが……その点は問題ないだろう。今日話して敵意も害意も、他意も感じない。

「第二皇女メリリア……」

不思議な人だ。

だけどあのタイプは、姫様のもとで働く中で見たタイプでもある。

裕福な貴族家で、跡取り問題に関わることもない立場にたまにいる。

「好奇心で生きてる……」

だとしたら、その好奇心を満たしてあげているうちは味方だろう。

王家としては厄介な爆弾を抱えているかもしれないけれど……すでにこんなのを放置していることが何よりもの……いやいいか。それは俺が心配することじゃない。

ある意味では実力主義のこの帝国で好奇心を優先して自由に生きられるだけの地位を確保してきたメリリアが凄いともいえるからな。

とすると……今俺がやるべきことはシンプルだ。

「帝国で活躍していく未来を見せれば、それで大丈夫なはず」

特別クラスは数ヶ月もすれば実地に送られる。
それまでの各授業でメリリアの好奇心を満たしていこう……。

十話　戦略訓練　ギークとの模擬戦

「戦略訓練を開始する」

ギルン少将の声が教室に響く。

「このクラスにはすでに実戦経験のあるやつらもいるからそれに合わせる。当然予習は済ませてあるな？」

実戦経験組の筆頭がギークたちだ。

一方、戦争経験が全くなく、予習が最も必要なのが俺たち入試組だろう。

「一応調べてきたにしても……自信はねえな」

「大丈夫ですよ。分からないことはこれから覚えれば良いのですから」

何故かこちら側に座るメリリアが、弱音を吐くアウェンを励ました。

「このクラスは特別クラス、将来は今の私よりも上の立場になる者も多いだろう」

クラスⅦ、少将の地位より上……か。

文字通り国の未来を背負って立つようなレベルだ。

「帝国は常時、多方面に戦線を張る。そのため各戦線ごとにトップ……つまり元帥が置かれることも多い。お前たちがこれから目指す最終地点だが……さて、この立場に立つ者が意識せねばならぬ道を答えろ。サラス」

「ん。『王道』」

「正解だ。意味は？」

「他を慈しみ、徳をもって道を為すこと」

「よく勉強してきたな」

王道。

トップが目指すのは全てだ。

だがその基本となるのは徳。善の心をもってことに当たらねば人がついてこない。

だからどれだけ効率が悪くても、たった一人でも捕虜を取られればそれを全力で奪還する選択を取る。

それが巡り巡って、最も人を引きつけ効率を上げることに繋がる。

「まあとはいえ、軍人として考えれば元帥も将もここまでは考えられん。これが必要なのはむしろ王家や上位貴族のほうだろうな」

ギルン少将の目がメリリアとギークを捉える。

「では軍司令部として必要な道はなんだ。リルト」

ギルン少将と目が合う。

「『覇道』です」

「よし。お前の覇道を語れ」

「礼をもって相手を立てます」

「ふむ……その目的は何だ」

「頭を下げるのはタダですから。相手を気持ちよくさせればその分、楽になることが多い」

「良いだろう。武と知をもって支配することだが、そもそも軍は前提として武の塊。あと必要なのはそういった知の部分だな」

答え終わるとアウェンがすかさず声をかけてくる。

「なんかお前が言うと実感こもってでこええな」

「なんでさ」

笑いながら答えておいた。

その後も確認が続く。

実務レベルに求められるのは事実を正確に伝える『天道』。

そして労働層の上位、つまり俺たちが意識しないといけないのは……。

「『正道』。法治に基づき、勤勉に働けば上が守る仕組みこそ、帝国を支える民の義務です」

ギークが答えていた。

「もっとも、勤勉でも馬鹿では邪魔ですが」

「そうだな。実はな、予定が早まってお前たちにはすぐにでも南方の戦線に赴いてもらうことになっている。そこで求められるのがこの勤勉さと、事実を正確に伝える力だ」

予定が早まった……ということは南方で何か起きたのだろうか。

「南方……セレスティア共和国との戦線ですか」

メリリアが尋ねる。

「そうだ。南東のパーム公国と同盟を結んだらしい」

「なっ……」

メリリアが驚愕《きょうがく》する。

実務に当たっていたギークを始めとした貴族たちもその言葉に少なからず驚きを見せていた。

「おいリルト。それって何がまずいんだ」

アウェンが耳打ちで聞いてくるので自分の頭を整理しながら答える。

「セレスティア共和国は西と南は特に大きな敵国がなくてそれぞれの周辺諸国と交易もしているんだけど、南東のパーム公国とだけは不仲だった。背後のパーム公国を警戒してくれているおかげで今まで戦線を維持してきたんだよ」

「んーと……つまり……」

「セレスティア共和国はこれで、全戦力を帝国に当てられるようになる」

「そりゃ……」

アウェンも理解したようだ。

「帝国の各戦線から兵士は集めるが、指揮官クラス、エースクラスは動かせない。お前たちに期待される動きはまずは実働の兵士クラスだが、実地ですぐに指揮を執ったり戦場のキーになることも有り得る」

　ギルン少将の言う通り、確かにメリリアの魔法やアウェンの剣技は、それだけで十分に戦況を動かすエースクラスだろう。

　実戦経験のあるギークたちはもしかすると指揮を執ることも考えているかもしれない。

「実技レベルの活躍は他の講義で聞け。ここでは指揮官として現地で活躍を求められた際の動きを確認していく。指揮官と言ってもまずは現地における班長クラスかそこらだろう。中には隊長を任される人間もいるかもしれんがな」

　班は数名だが隊となると数十人から数百人。十分戦況に影響を与えることが出来る人数だ。

　南方戦線は二万ほどの兵士を置いていたはずだが、後顧の憂いのなくなったセレスティア共和国は人数を増やす。

　倍以上の戦力増強を考えるとすれば……指揮官不足を補うために能力のある人間ならいきなり隊を率いることは十分有り得るか。

「訓練校からは我々しか出ないのですか？」

　メリリアが尋ねる。

「お前らと同じように最上位クラスとして入学してきたやつらはすでに各地に送られている。一般クラスのやつらも動員はするが、正直言ってお前たちにかかる期待とは全く違うものになる」

「なるほど……」

　まあそれはそうか。

思ったより早いデビュー戦ということになりそうだった。

「この講義では指揮官としての能力を磨くことになるが、即戦力を求める現場で指揮能力を発揮してやっていけるやつは本当に一握りだろう。だがもしこの講義内でその力を示せば、私の権限で階級を上げてから現場に送り出す」

クラス中がざわめく。

「特別昇級……」

「訓練校時点でクラスゼロではなくなるということですか」

サラスとメリリアが小声で呟いた。

「その力の判定だが……こいつで行う」

ギルン少将が持ち出したのは地図。

「史実に基づく戦況において、お前たちが指揮を執った場合にどうなるか、実際に見せてもらう」

地図が立体に広がった。そこに兵士や拠点設備、武器や戦力が表示される。

「盤上の模擬戦だ」

「模擬戦……」

「リルトさん、ご存じですか？」

「形だけは……」

魔法によってシミュレーション戦が出来る道具。

軍議で用いられると聞いていたが、実物を見るのは初めてだった。

「ルールははっきり言ってない。指揮官として指示を与えれば、その地図上で理論上可能な動きを勝手に駒が選んで動く。指示が曖昧ならおかしなことをすることもあるし、優秀な駒は指揮官の期待以上の動きもする。また天候やトラブルも起こり得る。これは歴史上その地域に起きたデータから算出された確率で起こる」

説明を聞く限り、かなり高度な魔道具だ。

そりゃ実物なんて一部の人間しか見ていないだろう。

そう……ギークのような限られた人間だ。そのギークがギルン少将に言う。

「わざわざこれが出てくるあたり、南方の戦線は相応の状況が想像出来ますね」

「そうだ。お前のような実戦経験のある人間はやつらも喉から手が出るほど欲しいだろうな」

「でしょう。して、この成果によって我々は何人までの兵を預かれるので？」

余裕の笑みを浮かべながらそう尋ねるギーク。

だがギルン少将の返答によって得意げだったギークは逆に表情が固まることになる。

「私に預けられる兵が一万。活躍によっては半数を預けてもいいぞ？」

「っ!?」

ニヤリと笑うギルン少将と、緊張からか身体をこわばらせたギーク。

半数……五〇〇〇の命を預かることまでは流石に想定していなかったのだろう。

そして俺もそこまでは全く考えていなかった。

一〇〇〇を超える部隊。

もはや戦況は大きくその部隊の成否に左右される。

数百では失敗しても被害は軽微で済む。逆に活躍すれば英雄だ。

だが一〇〇〇を超えた部隊を率いた場合、失敗はそのまま全体を巻き込んだ敗戦に直結するのだ。

言ってしまえば活躍出来て当然という期待をかけられる。活躍出来なければそれだけで戦犯なのだ。

「まあ流石にそこまでは期待せん。だが私にこれで勝てるようになれば本当に任せても良いがな」

「御冗談を。盤上の遊戯と実戦の空気がまるで違うことなど、少将が一番良くご存じでしょう」

「まあそうだ。だが、だからこそ預ける意味があるんだよ。はっきり言ってこの規模に『王道』はいらん。理論上の正しさを突き詰められるのなら、そのほうが結果的に早く終わらせられるかもしれんからな」

そうか。

実際の人の生死に関わってみないとその辺りは分からないというわけだ。

俺も数百、数千の命のやり取りまでは見てきていない。その空気にあてられることもあるだろう。

「まあやってみろ。盤上の時間で一月で決着したとしても丸一日はかかる」

ギルン少将はそう言うと地図を教室に並べ出す。

「すでに勝負は始まっている。条件は同じではない。絶望的な盤面もあるぞ。好きな場所を選んで座れ」

その呼びかけに皆が慌てて動き出す。

出遅れたのは俺たち試験組と、あえてだろうか、動きを見せなかったギークたちだ。

「お前らとは格が違うというところを見せてやろう」

ギークと両サイドの女が挑発してくる。

こちらから見て右、ウェーブした長髪と胸元の開いたドレスが目立つのは……。

「エレオノール・リ・ヴァリウス。ヴァリウス侯爵家の三女です。以後、お見知りおきを」

対して左。

金髪で吊り目のいかにも気が強そうな女。

「リリス・リ・レヴィーアスよ。レヴィーアス伯爵家長女」

気怠げに自己紹介を済ませる。

後ろからメリリアが補足してくれた。

「エレオノールさんはギークさんの婚約者。ギークさんの実家、カルム辺境伯領は広大で、帝都付近の有力貴族はなんとか取り入ろうと争っていました」

「リリスのほうもそうなのか」

「正式な発表はありませんがそうなるでしょうね」

なるほど。

絵に描いたようなハーレム貴族だ。アウェンが憎しみを込めて睨んでいた。

「やってやろうじゃねえか」

「ん。異論はない」

「あら。私もしかして余ってしまいませんか？」

すでにギークたち三人と俺たち四人以外は地図を挟んで向かい合っている。

「メリリア殿下はぜひそちらから我らの力をご確認いただければ」

「んー……そうですね。それでよろしいですか？」

ギルン少将の確認も取り、チーム戦のような形で盤上戦が始まった。

「私の相手は君かい？」

「そうみたいだな」

位置関係的にギークと俺がやることになった。

アウェンはリリスと、サラスがエレオノールとやるようだ。

「どちらの軍を使う？」

「選んで良いのか？」

ギークは俺に選ばせてくれるらしい。

「そこから力量が問われる。それにこの盤面、私はどちらでも勝てる」

「そうか……なら……」

この盤面、俺はどちらが有利かではなく、どちらが史実で勝ったかだけを知っている。

山岳地帯に拠点を構える赤い軍が、セオリー通り上をとった利を活かして勝ったものだ。

だがギークがどちらでも勝てると言ったように、対する青の軍が全く不利というわけではない。

地の利は相手にあるが、兵数は青のほうが多いのだ。それに軍の質も、青のほうが高い。

「赤でいくよ」

「そのくらいの予習はしてきたか」

だが青が負けた理由、そしてこの盤面において、軍の質を活かせなかったのには理由がある。

「じゃあまずは軍の配置からですね。盤面で三日後に戦闘を開始するから準備を整えて下さい」

他のところもどちらで行くかは決まったようだ。

メリリアの掛け声で準備に入る。

開始された瞬間から、俺には相手の情報が見えない処理が行われた。

また同様に相手もこちらがどう兵を動かすかは見えなくなる。

今回はアウェンとサラスのものは見えるようになっているようで、メリリアも同じ条件で設定されている。

本格的にチーム戦の様相だった。助言は認められてないけどな。

「さて……」

青の軍が勝てなかった理由は天候だ。

持ち前の火力武器、そして火竜を揃えた騎士団が機能しないほどの悪天候にやられ、赤い軍はほとんど戦わずして勝利を収めた。

地の利と運の勝利、というのが定説だった。

「だけどこれ、もう詰んでるんだよな……」

赤の軍は魔法使いを使わずに勝利しているわけだけど……悪天候はこの魔法使いたちがいれば再現出来てしまうのだ。

それだけで相手の戦力は半減する。

「ギークがそれに気付いていれば魔法使いの部隊をなんとかしようと動くだろうけど……」

地の利があるこちら、赤の軍から仕掛ける必要もほとんどない。

籠城戦に近いことを出来るから、順当にやるなら本陣に魔法使いを配置して守りを固めれば勝ちだ。

「配置はこんなもんかな……」

後は指示通り駒が動いているかを確認しながら進めるだけだが……。

「大丈夫そうかな」

こちらの軍に予想外の動きをする部隊はいなそうだ。

「さて……どう来るかな?」

◇

「ふふ……正史で勝ったほうが必ずしも有利というわけではない」

盤上の駒は数も質もこちらが圧倒しているのだ。

正史ではイレギュラーである悪天候に見舞われたが、この盤面上で同じシチュエーションになる確率は三割程度なのだ。

おそらく目の前で飄々《ひょうひょう》としているあの男はそんなことなど知らないだろう。

「そもそも何故こんなやつが姫様に……」

気に食わないやつだった。

素性も分からぬ男がこうも評価されている異常な事態にもう少し、メリリア殿下も警戒して欲しいものだ。

「まあ、ここで叩き潰せば興味も失《う》せるだろうがな」

盤上に視線を移す。

私はこのシミュレーションをすでに経験している。その結果、シミュレーション上天候の影響を受けずに進軍出来るルートを開拓しているのだ。

「あとは万が一のために魔法使いどもを始末してしまえば終わりだ」

数の優位を活かして索敵に人員を割く。

同時に即座に攻撃が仕掛けられるように布陣を整えていく。

念には念を入れた。

万が一やつが魔法使いたちの有用性に気付き、勝つための条件である雷雨を自らもたらそうとしているとしても、魔法使いたちは敵本陣近くで見つけ次第始末する。

そうすれば私の勝ちだ。

◇

「始まった」

盤面上の三日が経過し、最初の指示通り駒たちが動きをとっていく。

これまで出来たのは移動のみだったが、ここからは作戦行動が開始出来る。

「まずは斥候の潰し合いか」

相手の陣形は目視出来る位置関係ならこちらからも見えるが、隠れている部隊は分からない。

どの程度後詰めを残しているかを含めてなるべく敵地の情報を探りたいが、当然相手のフィールドではこちらのほうが動きにくくなるので情報伝達は遅れがちだ。

「それにしても……本陣付近に随分索敵を撒《ま》いてきたな……」

潰しただけですでに二十班近く。

数の優位をここで使うか……。

そしてもはや隠すことなく竜騎士団を中心とした火力部隊を進軍させている。

「なるほど……このルートか……」

悪天候で火力武器の性能が発揮出来ないのが正史の結末だが……人為的に作り出された悪天候であれば、それ以上の効果も当然狙える。

どこから来てもやることは一つ。

「魔法使いに仕事をしてもらうとしよう」

ギークの進軍ルート、いや地図上に見えるこちらへ続く道という道に、雷雲を喚《よ》び出す。

青の軍に対してこちら側の優位性は地の利と、この魔法使い部隊の質だ。

◇

「ちっ……どこだ!? 魔法使い部隊は……！」

斥候をあれだけ放ったというのに帰ってきたのは一割にも満たない。それに得られた情報は空振りの連絡だけ。

「おかしい……やつめ……何をしたんだ!?」

索敵の成功率は仕方ないにしても、一割しか帰ってこないのは異常だ。

「まさか……」

こちらの動きを読まれているのか？

対して俺が見つけられたのはわずかに三班のみ。これだけしか斥候を放っていないとは考えにくい。

「くそ……だったら読み合いではなく兵力をぶつけ合うだけだ」

相手の準備が整う前に一気に畳み掛ける。

進軍ルートは安全だ。仮に魔法使いが何か仕掛けてくるにしても、山岳側に配置したはずの魔法使いに水源はない。

魔力供給のみで天候操作となれば時間がかかる。計算上二日、それだけの時間があれば一方的な蹂躙《じゅうりん》が出来るはずだ。

それに二日というのは最短で準備を整えたときの計算。この進軍ルートを予想でもしていない限り間に合わない。

だが……。

「なんだ……!?」

地図の様子がおかしい。

「何が起きているんだ……!?」

盤面を覆い尽くすように広がるどす黒い雲。

「ありえない……」

何故……。

「何故あの兵力でこんなことが出来るんだ!?」

◇

「うまくいって良かった」

魔法使いの部隊は思った以上に機能してくれていた。

あとはこれに焦りを覚えたギークが索敵や別働隊にさらに人員を割いてくれればラッキーといったところだが……。

「お……なるほどそう来たか」

敵本陣近くに居座る部隊からの伝令が入る。

本陣からほとんどの兵が出てきたようだ。

おそらく魔法使い部隊発見の連絡を受けて一気に勝負に出たのだろう。魔法を使い始めてしまえば自然と魔法使い部隊の位置は分かるからな。

中央軍とは別のルートから迂回《うかい》してくるようだ。

「そろそろ中央同士もぶつかるか」

兵力で差がある分は天候と地の利でカバーする。

天候が相手に打撃を与えるまでには盤上で一日はかかるから……。

「ゲリラ作戦で時間を稼ごう」

山の中に散らした部隊を使って昼夜を問わず奇襲を繰り返す。

火竜は魔法障壁と投石機で対応。

丸一日持てばいい。

そして……。

「来た……！」

ポツリ、ポツリと、その滴は次第に大きく、そして激しく山肌を打ちつける。

戦場に雷が轟《とどろ》いた。

◇

「くそっ！」

鳴り出した雷と止む気配のない大粒の雨に思わず感情的になる。

本来ならこうなる前に畳み掛けたいところだった。

だが恐ろしいほど早く、山は雷雨に襲われていた。

「運のいいやつめ……」

これほどまでの悪天候、魔法使いが作り出すのは不可能なはず。

だとするとこれは運。天候はシミュレーション結果によるものだ。

「私が知らなかっただけでこの場所にも雨は降るのだろう」

そうでなければおかしい。

そうでなければ……どんな魔法を使えば山全体を覆い隠すほどの雷雨が生み出せるというのか。

雷に怯《おび》えるように竜の勢いが止まる。

こうなるともう火竜は役に立たない。一度部隊を下げた。

「だが魔法使いは見つけた……！」

この悪天候がシミュレーションによるものだとしても、ある程度の操作はしているだろう。いや
そうでなければ、悪天候の影響など両軍に影響するのだ。

残念ながらうちの部隊に天候を操れるような魔法使い部隊はいない。

だが結局、相手の魔法使いを倒しきれば、あとは雨が上がるのを待てばいいだけだ。

「運だけでは勝てぬということを教えてやる」

敵本陣付近に見えた謎の部隊。

あんな場所に隠して意味がある部隊など、魔法使い以外にありえない。

別働隊が叩いて終わりだ。

「この状況を作り出せたというのならこちらの本陣を囲んでおけば良かったものを……」

素人はこれだから簡単で良い。

運の要素に恵まれた相手を実力で上回る。

姫様が興味を失うには、完璧すぎるシナリオだ。

「逆にこうなると、私は運が良かったのかもしれないな」

考えているうちに別働隊が潜んでいた魔法使い部隊の喉元に迫ろうとしている。

「ふん……伏兵か」

だが兵の数はこちらが上。

伏兵も奇襲も、あると分かっていれば大して効果は発揮しないのだ。

「本当に絵に描いたような雑魚だ……」

伏兵を蹴散らし、魔法使いの部隊に別働隊が迫ったときに、異変が起きた。

「なんだ……？」

中央で時間稼ぎを指示していた部隊が突然崩れ出したのだ。

「何故……なっ……そんな馬鹿な!?」

ありえない……。

ありえないことに……。

「うちの本陣が……落ちた……のか？」

◇

「引っかかった」

敵別働隊がこちらの本陣に引きつけられる。

当然魔法使いに見立てた部隊を変な位置に見せておいたのは、囮《おとり》だ。

「伏兵を発動して……あとは……」

地の利があるというのは本当に強い。

どこから敵が来るか、ほとんど分かるような状況だった。

一つ一つ出てくる相手の部隊を潰していくだけで終わりだ。

これが逆だったらと思うとなかなか厳しかったのではないだろうか。

「そろそろ勝負を決めるか」

この盤上の駒たちは本当によく出来ている。

通常士気が下がるような場面に出くわすと、実際に戦力が大幅に減少する。場合によってはその兵が正規兵ではなく農兵等の場合は、逃亡も始まるのだ。

予《あらかじ》め敵陣近くに配置していたこちらの軍の最強の部隊——魔法使いの部隊を動かして、ほとんどもぬけの殻になっていた本陣を攻め落とした。

「よし、中央も崩れたな」

あとは時間の問題だ。

と、対面にいたギークが顔を赤くしてこちらに叫んでいた。

「貴様!?　一体何をした!?　こんなことが……」

ギークにこの戦いがどう見えていたのか分からないが、本陣が落ちたことは致命的で想定外の出来事だったようだ。

「最初からうちの一番強い部隊をそちらの本陣近くに忍ばせておいただけだよ」

「馬鹿な……そんなことをすればお前の本陣や中央の軍では持ちこたえられるはずがない。一番強い部隊というのは本陣の主攻に当たらねば……」

「そうかな?」

「そうだ!　そもそも魔法使いがいなければ大したことのない軍で最強の部隊を予め戦線から外しておくなど……待て……お前はまさか……」

そこでようやく気付いたらしい。

「こちらの最強の部隊は——」

「魔法使い……!」

初めから俺は魔法使いの部隊を本陣で守ることなど考えていなかった。

魔法使いたちを敵陣付近に配置したほうがこの勝負は有利だからだ。

「切り札を敵地に送るなど……そんな博打《ばくち》で……ましてや天候に恵まれていなければ魔法使いによる防御が不十分なお前の本陣など落ちていたのだぞ!?」

「いや、魔法使いがそこにいたからこそ、この状況が作れたんだよ」

「何を……いや待て……」

ギークの本陣はこちらの山岳地帯に比べればほとんど平野と言っていい状況。

だがそこに拠点を構えた理由は、湖があったからだ。

物資の運搬や水、食料の確保において、水路は絶大な効果を発揮する。

だがその水源は、こちらにとっても大きな意味を持つ場所だった。

「まさかこの雷雨も、偶然ではなくお前が作り出したのか……!」

ギークの言葉にうなずく。

魔法使いの純粋な魔力だけでは不十分な天候操作も、水源があれば話が変わる。

「くそ……」

ギークがそう呟くと盤上で光っていた駒たちが消えた。

「私の負けだ……」

面白くなさそうにそう告げた。

十一話　戦略訓練　チーム戦

「素晴らしい采配でしたね。リルトさん」

「いや……今回のはこのシミュレーションだから出来た話だから……」

双方に決められた兵力、外からの増援やイレギュラーが限られた状況だからこそ、あんな作戦が使えただけだ。

普通はギークの言う通り、あの作戦は博打の範囲に入るだろう。

それにあれを警戒して対処されれば敵地で孤立する魔法使い部隊など簡単にやられる。そうなるところにはもう勝ち目はなかった。

「ですが、それらを加味して最善手を組み上げる手腕は流石ですね」

「ありがとう。それより二人は……」

あんまり褒められるのは何かこう居心地が悪いので無理やり話を変えた。

「サラスさんは互角です。元々広い盤上で戦力もほとんど互角の平地戦。サラスさんは相手の陣形を読んで動きます。一方エレオノールさんは自陣の兵の特性をとてもよく理解されています。サラスさんの読みに対して、自陣のコントロールを完璧に行うことで拮抗《きっこう》が保たれている状況ですね」

なるほど。

「そっちは大丈夫そうか……。アウェンは……」

もう負けてたりしないだろうか……。

失礼ながらアウェンが得意なジャンルとは思えない。模擬戦の前に本人が不安がっていたこともあって気になっていた。

「アウェンさんとリリスさんの勝負はなんというか……お互い山岳に陣を張り斥候と奇襲がものを言う盤面なのですが、アウェンさんがことごとくリリスさんの策を見抜いたかのように撃ち破っています」

「おお……」

こう言ってはなんだが……意外だ。

アウェンは自分が戦うのは好きだがこういった規模の大きな戦闘を指揮するのは苦手かと思っていたし、本人もそう言っていたから。

「判断基準は不明ですが神がかり的な采配です。ただリリスさんは攻撃より防御がうまいので攻め手はこれといった戦果がありません」

なるほどと思っているとメリリアがもじもじし始める。

なんだろう……。

「あの……早く終わったことですし、私とも一戦、やりませんか？」

上目遣いで尋ねてくるメリリア。

だが答える前にギークが話に入ってきた。

「提案があるのだが、良いかな？」

「なんでしょう？」

「そちらはメリリア殿下とその男が、こちらは私が、それぞれ助言をしても良いというルールはどうかと」

なるほど……。

「その男は気付いているかもしれんが、このままいけばこちらの二人が勝ちますので」

「それはいくら何でも……攻めているのはこちらですし、優位はこちらにあるのでは？」

「ふむ……リルトと言ったか？　お前はどう見る？」

ギークに尋ねられて答えを迷う。

メリリアが言うようにぱっと見の優位はこちらなんだが……。

「確かにこのままやると危ないかもな……」

サラスとアウェンに秘策があればともかく……。

「では」

「やろうか」

向こうの申し出を受ける形でチーム戦がスタートした。

◇

「どういうことですか？　リルトさん」

すぐメリリアに捕まった。

二人の優位を主張していたメリリアは納得出来ないと言わんばかりだ。

「このままお二人が頑張れば私も貴方と遊べたというのに……」

「そっちか……」

やりたかったんだな……メリリアも。

だがギークのは単なる挑発ではない。実際あのままやれば勝算が高いのは相手だったと思う。

「二人は多分、これ初めてだから」

「それはリルトさんもでしたよね？」

「そうなんだけど、俺は最初から勝ち切るための戦略を取ったけど……拮抗させてしまった場合、決着の付け方を知ってる相手のほうが有利だと思うんだ」

俺の場合は最初から勝ち切るために仕掛けを施していたし、それがうまくハマったから勝った。

だが二人は序盤戦から現在の中盤戦に至るまで、ある意味では順調に、そしてある意味では特段仕掛けもなくここまで来ている。

序盤、中盤戦の考え方と、終盤の詰め方は全く異なる。その差は経験と知識の差がそのまま出てくるはずだ。

「メリリアのその知識が二人の助けになるんじゃないかと思って」

「確かに私にはその知識はありますが……」

「これはメリリアの持つ詰めの知識と気付きを、向こうの三人と競い合う戦いとも言えるかもしれない」

「なるほど……そのために私を巻き込んだと……」

メリリアが改めて盤面に視線を移す。

「俺と単純にやり合うのもいいけど、こっちはこっちで楽しいんじゃないかと思って」

メリリアの目の色が変わる。

「ふふ。いいでしょう」

良かった。

そのままメリリアが言葉を続ける。

「この盤面であればまだ勝負はつかないはずです。しばらくリルトさんのサポートで進めていただき、詰みへの道筋が見えたタイミングで代わるというのはどうでしょう?」

「分かった」

中盤戦は二人がうまくやっているし、俺がやることは少ないだろう。

向こうもおそらくだが、ギークの役割はメリリアに近いものになる。

この勝負、メリリアとギーク、どちらが先に「詰み」への道筋を見いだせるかの勝負になりそうだった。

◇

「リルト。ちょっと手伝ってくれ」

「分かった」

こちらの話を聞いていたアウェンが早速俺を呼ぶ。

「この状況、どう見る？」

「なるほど……」

アウェンの相手のリリスがこちらに見えるようにあえて、一隊だけ本陣から少し離れた何の意味もない場所に兵を配置したのだ。

「アウェンはこれまでどうやって戦ってきたの？」

「ん？　なんとなくここだ！　ってとこに殴り込んでたらこうなった」

「無茶苦茶だな……」

だが一方でこういった感覚に鋭い将は戦地で臨機応変に動けるために重宝される側面もある。

付き合う兵はたまったもんではないとも聞いたが……今はまあいいだろう。

「で、今回のはアウェンの感覚的に……」

「分かんねぇんだよ。あれが罠《わな》かも、何のためかもな。こんなん初めてだ」

「なるほど……」

ギークが参戦してすぐの話だ。

仕掛けたのはギークと見て間違いないだろう。

多分だけど、あれはアウェンの動揺を誘うためだけの布陣。だが俺たちが気付いていないだけで、後々何かあるかもしれない。

だったら……。

「あれは全く意味がない誘いのはずだよ。アウェンはあれは無視して今まで通り戦ってくればいい」

「おっ！　やっぱそうか！　じゃあ任せとけ！」

迷いの吹っ切れたアウェンは即座に兵を動かす。

たった一隊とはいえ意味のない配置に兵力を割いたリリスは後手に回る。

中盤戦の戦況はこれでアウェン優位を維持出来るだろう。

「後半戦……あれが何か意味を成す可能性だけは俺が考えておこう……」

アウェンには得意分野で集中してもらったほうがいいからな。

ひとまず離れて大丈夫だろうと判断し、サラスのほうに目を移した。

◇

サラスの相手はエレオノール。

アウェンたちの戦いはお互い感覚派のぶつかり合いだったのに対して、こちらは二人とも理知的

初回版限定
封入
購入者特典

特別書き下ろし。

メリリアの執事

※『わがまま王女に仕えた万能執事、隣の帝国で最強の軍人に成り上がり無双する』をお読みになったあとにご覧ください。

EARTH STAR NOVEL

メリリアの執事

それは訓練校の休みの日の出来事。

ふとしたきっかけでメリリアの言うことを聞かないといけなくなってしまったんだが……。

「大丈夫ですよ。ここは今日私以外の侵入を禁止していますし、そもそもリルトさんなら侵入者や監視がいればわかるじゃないですか」

「それはそうなんですが……」

「あ、いいですね。普段は敬語だと距離を感じますが、その格好をしているとすごくドキドキします」

「それは何よりですお嬢様……」

そう。

俺は今久しぶりに燕尾服を着せられ、メリリア殿下の一日執事としてこの屋敷にやってきていた。

「さて、そうですねえ……リルトさんの執事力を見るために色々無茶振りをしたいと思いますが、怒らないでくださいね？」

ニコニコと楽しそうなメリリアからは、無邪気で悪戯っぽい雰囲気が溢れていた。

仕方ない。久しぶりに執事として仕事をするとしよう。

メリリアも息抜きが必要なんだろう。

◇

「リルトさん、飲み物――」

「紅茶をご用意しました。茶葉は三種類ございます。お気に召さなければフレッシュジュースもご用意がございますが」

「え……？」

「リルトさん、なにか面白いこと――」

「僭越ながらヴァイオリンをご用意しております。お身体を動かされたいなら外に馬の準備もございますが……」

「いつの間にっ⁉」

「リルトさん――」

「甘味ですね。採れたてのフルーツとケーキをご用意してあります」

「何も言ってないのに……」

◇

「……凄まじいですね。リルトさん、私が言うのもなんですが軍人やめて執事をやりませんか？できれば私の」

「勘弁して下さい」

「そうですか。残念です。……とても、残念です」

本気で残念そうにメリリアがそう言った。

「それにしても、手紙を渡してくれるお礼に何でもするとは言ったけど、まさか執事をやらされるとは……」

メリリアは気まぐれに見えて気を使える性格だ。俺の事情を知っている以上、踏み込んでくることはないかと思っていたんだが……。

「ふふ。リルトさん、気づいてませんね？」

「……何を？」

「今日のリルトさん、いつもより生き生きしてるように見えましたよ」

「なっ……」

そう来たか……。

本当に油断ならない王女様だった。

わがままで振り回すかと思えばその実、こちらの息抜きを考えてくれていたということだ。

「まあ、何でも卒なくこなすリルトさんを一日好きにして、少しくらい苦手なものでもないかと思ってやったんですけど」

そう言ってわらう姿ですら、さっきの話を聞いてしまえば憎めない。

全部メリリアの手のひらのうえだった。

「それで、お気に召す結果が得られましたか？」

「むぅ……意地悪ですね、リルトさん」

意趣返しにそう伝えると頬を膨らませてメリリアが唸った。

「丸一日あったのに、私のお願いに困る様子を見せてくれるどころか、私のほうが驚かされたり戸惑わされるだけでしたよっ！」

口をとがらせてそんなことを言うメリリア。

でもまあ、それは仕方ないだろう。

なんせメリリアから与えられた仕事は、全部キリク王女《ひめさま》のもとで全て経験済みだったから。

「もうっ……次はリルトさんが困るくらいのお願いをしますからね！」

メリリアがそんなことを言うのを聞きながら、ふと姫様のことを思い浮かべる。

もう関わることはないだろうし、できれば関わることがないことを祈りたい一方で、少しだけ懐かしくて、何をしているのか気になる自分がいた。

に盤上を動かしているようだった。

　メリリアが言っていた通り、サラスは相手の動きを読むことに長《た》けており、一方エレオノールは自軍への理解があるため遅れて動いたとしても安定して兵を動かすことが出来ている状況だ。

　となると、俺がサラスの自軍に関するフォローをすれば一気に優位に傾くのではないかと思っていたが……。

「これ……アウェンよりまずいんじゃ……」

　サラスの兵の運用方法は、作戦に最適化されすぎていた。もちろんこれは盤上の動きとしては申し分ないのだが、ことこのシミュレーション戦においては問題になる。

　これが盤上で駒を動かし合うだけのゲームなら問題ないんだが、ギーク戦であったように、兵の士気などまで反映される状況では少しまずい。

　自軍のシナジーが一切無視された布陣になっているのだ。

　各個部隊がそれぞれに最適な行動を取ろうと動くため、局地的にはサラス優位で進んでいるが、全体を見るとエレオノールの守りが盤石で攻め手がない。

　一方サラスのほうは各隊が呼応することなくバラバラに動いてしまっているので守りは絶望的な状況と言えた。

　そしてそこにおそらくギークの仕掛けた動きが見える。

「サラス！　本陣の後ろ、三隊来てる」

「――――!?」

おそらく初めて、サラスが後手に回った。

突破口がどこかにないかと探して改めて盤上を見つめる。

いや待て。これは……。

「大丈夫。本陣は、囮」

サラスの動きはこちらから見ていた俺ですら分からなくなっていた。

当然相手に気付かれるはずもない。

サラスは本陣にいるはずの主力部隊を進軍させていた。

個別の部隊のいくつかも陽動。主力部隊はすでに敵の眼前に迫っていた。

「凄いな……」

こちらから見ていて気付かないほど巧みな用兵術に素直に感心する。

だがサラスは自信なさげに呟く。

「でも……」

サラスの作戦は当たった。

自軍の本陣を囮にして敵本陣へ主力部隊で急襲。ここまではサラスのイメージ通りに運んだ。

「敵本陣の守りが予想以上、か」

「ん……正直、相手を舐めてた」

サラスとしても自軍本陣への急襲は予想外だったらしい。

本陣が空っぽだと暴かれれば、ここまでじわじわ進めてきた主力部隊による奇襲も成立しなくなる。

そうなると純粋な兵力の勝負だ。今の盤上でそれをやれば……サラスは負ける。

「リルト……どうすればいい？」

サラスが初めてこちらを見てそう言った。

サラスの作戦はあと一歩だった。かなり良いところまでいっていたのだが、サラスにとって二つの想定外が作戦を崩壊させた。

一つ目の想定外は本陣への強襲。これを仕掛けたのはギークだろう。

だがもう一つの想定外、エレオノールの守備の力を甘く見ていたことが、ここに来て大きく作戦に影響を与えていた。

「ここまで堅く守っていたのか」

自軍が敵本陣に近づいたからこそ分かる盤石過ぎる守りの布陣。

仮に本陣への急襲を受けず、このまま敵本体をこちらの主力で叩けたとしても勝機は怪しかっただろう。

単純にエレオノールの守りが素晴らしいという理由もあるし、そもそもサラスとの相性が悪かったのかもしれない。

「今はまだ、相手がこちらの部隊を全て捉えきって動けていないのが優位に立てるポイントか……」

だがこうなると向こうがこちらの主力部隊を見つけ出し叩き切るまで時間の問題。

陽動とはいえ周囲の戦力も削られ始めていることを考えると、一気に劣勢になってきている。

改めて自軍の配置を確認する。

サラスが意識的にでも無意識にでも仕掛けを施していれば、そこを突破口に出来るかもしれない。

幸い自軍の部隊はそれぞれがかなり独立しているおかげでこの絶望的な戦況を把握していないから、ギーク戦のように士気に大きな影響はない。

「にしてもサラス……よくこの状況で戦えるな……」

「それは、慣れ。ドワーフは元々局地戦が得意、気付けばそれが大きなうねりとなって敵を呑み込む」

もしかすると意外とアウェンと近い感覚で戦うタイプなのかもしれない……。

状況を整理すると、主戦場となっているのは中央の広大な平地。

だがその周囲には木々などの身を潜める場所や、多少隆起した拠点を構えるのに適した場所も出てくる。

これまでサラスはこの身を潜められるフィールドに自軍をバラバラに展開し、相手の拠点を各地で落としていた。

また主戦場である平地では双方常に一定数の兵がぶつかり合う。

「毎回周囲に散った味方を集めて攻撃してたのか？」

「ん……」

サラスは巧みに兵を動かすことで、相手はおろか味方ですら気付かないほどスムーズに兵を入れ替えていた。

これはメリリアですら見抜けなかったことだ。もっともメリリアもこの盤上を常に注視していたわけではないのだから仕方ないことだが。

「相手の陣形に相性の良い形を、周囲の隊を使って作る。それを繰り返す」

「それがドワーフでは普通なのか？」

「普通ではない……けど、将となる人物で何人か、この戦法を得意とする者がいる」

凄《すさ》まじいな。

今はまだ地図上のシミュレーションだからついていけるが、実際の戦場でこんなことをすればまず間違いなく崩壊するだろう。敵か味方か、崩壊するのが早いほうが負けるわけだ。

「それだけの攻勢を躱《かわ》し続ける相手も相手、か」

「ん……エレオノールは、強い」

多分他の相手なら、この戦法に対応出来ずあっさりやられていただろう。

だがエレオノールは自軍の運用に集中するタイプ。サラスの変則的な兵法に最低限の対処だけこなし、淡々と自軍の守りを固めていた。

出来上がったのはもはや要塞。対してサラスはゲリラ戦部隊。

さて……。

終盤戦の読み合いはメリリアの役目だが、この状況では流石に詰みまではたどり着けないだろう。

エレオノールは守備の名手だが、攻撃用の布陣はおそらくギークの指示で細々としか出てきていない。

「サラス、半分兵を預かっていいか？」

「ん……」

盤上の駒を二人で分け合い、改めてエレオノールとギークに向き合う。

ギークは不敵な笑みでこちらを見つめていた。

「サラス、敵の攻撃部隊はおそらくどれもそんなに大きな規模では来ない。落ち着いて対処すれば今までのやり方で抑え込めるはずだ」

「ん……」

半分借りるとは言ったがルール上出来るのは助言だけ。

だがサラスならそれで十分だ。

「何を……？」

「敵の作った要塞を壊さないと勝てないゲームじゃない。こちらも改めて拠点を作れば良い」

「どうやって……」

各地に散った部隊を都度集めながら戦うサラスの戦法。

これに合わせた拠点構築を行う。

敵の部隊はほとんどあの要塞にいる。ギークが仕掛けてきたとしても少数。

それをサラスが抑え込む間に俺が主導となって別の場所に複数の拠点を作り上げる。

と、指示を出し始めたところでメリリアがこちらにやってきた。

「リルトさん。これは……」

「文献で見たけど、西方戦線でゲリラを得意とする相手に使われた戦略だったかな」

「ええ……コーランド商国の傭兵団《ようへいだん》にやられて……」

帝国は兵数で圧倒しながら攻め手に欠け、勝機を逃した。

拠点が分散していてはどこを叩いてもまた新たに敵が湧く。否が応でも士気が下がるわけだ。

「ゲリラ戦を得意とするのはサラスも同じみたいだし、拠点構築が出来ればあとはメリリアに任せられるかなって」

終盤戦、互角以上にしておけば十分だろう。

「私のことを試しているんですか……？」

「まさか」

だが確かに、かなり難しい五分五分以下の賭けには違いない。

「仕方ないですね……分かりました。やるべきことは理解しましたのでここからは私が引き継ぎます」

そう言うとすぐ、メリリアはサラスに動きを伝えていく。

淀《よど》みない指示は俺よりスムーズで的確だ。

「その代わり、あちらをなんとかしてきて下さい」

メリリアは盤上から目を離さず、アウェンのほうを指差してそう告げた。

◇

「リルトか。この状況、どう見る？」

アウェンのもとに着いて盤上を見る。

「これは……」

最後に見たとき相手の布陣は一隊だけ意味のない、正確には意味が分からない配置に置かれていた。

だが今、盤上には無数の『意味のないように見える部隊』が立ち並び、対処に迷ったアウェンが動けなくなっている。

「これは全部あの相手が……？」

「ああ。でも全然戦い方が変わった」

つまりギークの入れ知恵ということになる。

この戦略、一見して意味のない布陣ではあるが、こちらも無策に飛び込みにくい形にはなっている。

アウェンは感覚で戦うタイプなので本来であればこういった奇策は通用しにくいはずだが、戦う相手のタイプが変わったことで手が止まったようだ。

どこから攻めればいいかだが……。

サラスとは全く違う方向で、アウェンも正攻法ではない用兵のため、終盤に来てごちゃついている状況がある。

「となると……」

一つ思い浮かぶ策はある。

だがギャンブルになるし、メリリアに頼ると言っていた話がなくなるわけだけど……。

まあどのみちメリリアはもうあちらに付きっきりか。

「アウェン。感覚を信じるとして、敵本陣だけを目標にして突っ込ませたらどうなる？」

「あぁ!?　そりゃ……あれ？　そう考えると道が見えてくるな……」

「敵は四方に意味のない布陣を敷いていて手薄。中央でのぶつかり合いなら勝てそうじゃないか？」

「ああ……ちょっとちょっかいかけてきそうなとこやら怪しい気配のとこはあるが、それを避けりゃいけるかもしれん」

「なら行ってくれ」

「いいんだな？」

「ああ」

感覚でそこまで捉えているアウェンであれば、いい勝負に持ち込めるはずだ。

逆に言えばいい勝負に持ち込むのが手一杯。

はっきり言ってギークを舐めていた。

あいつは俺と戦いながら、両サイドの二人、エレオノールとリリスの戦いを正確に捉えていたのだ。だからこそ初動で遅れを取った。

元々の配置上、俺からはアウェンとサラス、そしてギークからはエレオノールとリリス側からの視点しか見えなくなっている。その中で戦いながら、こうも見事に相手の弱点となり得る核を正確に見極めていたのは、見事としかいいようがない。

「複数の戦況を同時に見られる才能……。ギークが入ってからのやり合いは完全に後手に回ったな」

辺境伯という国有数の大貴族の跡取り。

出会いがバードラと同じような感じだったせいで油断していたのは大きなミスだった。

「姫様と離れて気が緩んでいたのもあるな……」

改めて見れば相手は実戦経験まであるというベテラン。

俺が勝てたのは運の要素も強い。

「気を引き締め直そう」

この勝負はもはやどうしようもないが、ここから勝ったとしてもメリリアとアウェンの力。

勝ったとしても負けたとしても、俺がギークの作戦に負けた事実はもう覆らない。

「これが帝国の貴族か……」

◇

「おおよそお前らの力は見られた。今日はここまでだ」

ギルン少将の声が教室に響く。

「ちっ……」

ギークが舌打ちした理由はこれだ。

「勝負がついていない者も、今日はこれで終われ」

結局勝負は引き分けに終わった。

講義の時間内はおろか、このまま続ければ何日も決着がつくまでに日にちを要するだろうことからだ。

メリリアとサラスは盤上に無数の拠点を並べ敵を撹乱《かくらん》。

一方エレオノールも最後まで盤石の本陣を崩すことなく拮抗した。

アウェンはその鋭い感覚で兵を進ませ善戦したが、進軍の度にギークが仕掛けた細かい罠に足止めを食らった。

守備対守備の勝負になったサラスとは対照的に、攻撃と攻撃がぶつかり合い拮抗した。

「なかなか面白いものが見られた。今日最も面白かったのはそうだな……やはりリルト、お前だな」

「ありがとうございます」

「だがその後は良いようにやられていたな。実戦経験の重要性にも気付けていい機会だっただろう。励め」

「はい」

何もかもお見通しのようだった。

講義が終わり去り際、すれ違いざまの一瞬に、ギルン少将は俺にだけ聞こえるようにこう告げた。

「剣術訓練。気をつけていけ」

「え……？」

振り返ったときにはすでにギルン少将の姿は見えなかった。

十二話　剣術訓練

剣術訓練当日。

ギルン少将の警告の意味はなんとなく摑《つか》めてはいたものの、確信が持てないままここまで来た。

要するに講師の人間が典型的な貴族絶対主義の人間だということなんだが……。

「ようこそ私の授業へ。剣術訓練、と呼んでいるが得物は何でも良い。君たちにはつまるところ、現地でコマとして動いてもらえばそれでいいのだから」

講師はカールしたひげが特徴の男爵であり……軍としては中尉の階級を持つチェブという男だった。

得意げにひげを何度もいじっている。

ギルン少将の警告を受け事前に色々と調べておいた。

「戦略訓練、なんてだいそれたものをやったところで、所詮君たちは使われる側。選ばれた人間がそれを使うだけだ。今日は使われるコマとしての力を存分に見せてくれたまえ」

その言葉を受けてアウェンとサラスは露骨に嫌そうな顔をしていた。

「また面倒そうなのが来たな……」

「性格がネジ曲がってる」

そしてお約束と言っても良い気がするが……。

「もっとも、この場には非常に優秀な生徒もいるがね。メリリア殿下やギークくんのように、選ばれた側である優秀な生徒も。その場合は適当にやっていただきたい。優秀な生徒をいきなり危険な前線に送ったりしないさ」

大貴族や王家の人間には媚《こび》を売っているようだった。

◇

「では、得物は持ったかね？　君たちも聞いているだろう？　もうすでに初陣まで日がない。よって今日はどの程度使い物になるかを測るだけの日だ。ああ入学試験組は一度やっていると思うかもしれんが、あんなお遊びでやった気になってもらっちゃあ困る」

口元を歪《ゆが》めたチェブ中尉がひげをいじりながらこちらを見て笑う。

「これが何か分かるかね？」

そう言いながら地面から何かが生えてくるように、黒い塊が複数出現した。

「曲がりなりにも特別クラスなんて呼ばれているのだ。戦場で一対一などありえん。君たちには一人で複数の敵を薙《な》ぎ払ってもらう必要がある」

そう言う間にもどんどん黒い人形のようなものが増えていく。

「土魔法の応用……ひげはダサいけど力はある」

サラスが言う。

なるほど……確かにこれだけの数を生み出すのは素直に凄い技術だ。

「さて、それではこの人形とやり合ってもらおう。だが今日は剣術訓練と銘打っているのでな。魔法による攻撃は禁止だ。だが魔法を利用した戦闘は構わない。自己強化をしても良い、武器を強化しても良い、空を飛んでも良い。攻撃に物理的な要因が噛《か》み合っていればそれで良しとしよう」

区画ごとに一〇〇体近くの人形が並ぶ。

それぞれ相手をしろということだな。

「では、何か質問はあるかね？」

「失礼ながら……」

「ほう。ギークくんか。よかろう」

「これは全て倒すまでの時間をはかるものですか？」

それはある種の挑発だった。

「おい……見るからにあんな数相手になんて……」

「魔法ならともかく、一〇〇も倒しきれるわけが……」

挑発の相手は講師ではなく、クラスメイトたちだったわけだが。

「良い質問です。答えは……」

チェブ中尉の腕から黒い魔法がほとばしる。

――ドゴン

自分で繰り出していた人形たちにチェブ中尉の魔法が命中し、人形たちは木っ端微塵に吹き飛ばされた。

だが次の瞬間には、何事もなかったかのように黒い人形は元の姿に戻っていた。

「なるほど……分かりました」

その様子を見てギークも引き下がる。

無限に湧いてくるというわけだ、あの人形は。

まあでも、良い機会か。

「戦略訓練は中途半端になったし、メリリアの興味がこちらに向き続けるように頑張らないとだな」

あのお姫様の好奇心をくすぐっている間は安心して帝国で過ごせる。

気を引き締めよう。

ギルン少将の忠告の件もあった。いやそうでなかったとしても、もう油断はしない。全力で当たることにしよう。

「私の合図で人形たちもお前たちに襲いかかる。心してかかるのだな」

生徒たちの気が張り詰めたのを感じる。

「始めろ！」

黒い人形が一斉に襲いかかってきた。

数が多いだけと侮っていた面もあったが、これは……。

「一体一体が強いな!?」

ただの人形と言い切れない力がある。一体一体の力はおおよそ一般的な兵士レベルの六割程度だった。

「これ、この魔法だけで戦局を変えられるな……」

【スキル】と呼ばれる固有魔法、おそらくあのチェブという中尉の持つ特別な力だ。

一人行くだけで軍を生み出す魔法。どこまで融通が利く魔法かは分からないが、帝国にとって大きな戦力であることは間違いないんだろう。

剣一本で対応していては横から来る新手に対応しきれない。

拳と蹴りを交えて対応していたがちょっと面倒だな、これは……。

「やるか……」

自己強化は問題ないと言っていたことだし、やらせてもらおう。

集まってきていた黒い集団を一度薙ぎ払って距離をあける。

――精神統一

本来は時間をかけて自己の力を高めるための集中法だ。

通常はおおよそ数十秒から数分を使って気を練り上げ、その後の戦闘において自身を強化する技術だが……。

「姫様の命令に従うには数秒でこれを済ませる必要があったからな……」

三秒あれば十分。一秒でも多少の効果は期待が出来るというところまでは仕上げている。

それと同時に周囲に目を向けると、すでに半数以上がリタイアしたようで見学者となっていた。

「おい、なんかあいつ……」

「雰囲気が変わったな」

「雰囲気だけじゃねえぞ……魔力波じゃねえのかあれ!?」

周囲の空気が巻き込まれるように渦を作る。

「行くぞ」

先程までと違い一撃で人形を打ち砕ける。

自分の動くスピードをそのままエネルギーとしてぶつければ相手は消える。

「すげえ……」

「なんか……踊ってるみたいだな……」

周囲の様子にも目を向ける余裕が出来る。

魔法主体のメリリアはすでにリタイアしたようでこちらを楽しそうに見つめていた。

「無限に湧いてくるとはいえ、タイムラグはあるようだし……強さは均一にしか出来ないようだな」

特別強い人形や将官に当たるものがいるならそれを狙うことも考えたが、どうやらそういうことはないようだ。出来ないのかしないのかは分からないが。

「じゃあちょっと、中で暴れたほうが早いかもな」

何を評価軸にするかは分からないが、なるべく多く数を倒すことにしよう。

生き残るだけを目指すよりは良いだろう。そこまでやれば講師がどんな悪意を持っていたとしてもこの場でまずいことにはならないはずだし……。

「ちょっと楽しくなってきたしね」

一撃で何体倒せるかを隣のアウェンと競い合う余裕すら生まれてくる。

これまで戦闘行為は一瞬で手早く済ませることだけを意識してきたが、軍は見栄えの良い勝ち方をすると士気にもいい影響が出ると言うしな。

◇

しばらくそうやって戦い続けた。

もう数百は相手にしてきたと思うが……。

「あと残ってるのは……」

まず目に入るのはサラス。大斧を振り回して敵を薙ぎ払っている。

アウェンも流石に強い。この場において単純な物理戦闘でアウェンに勝てる人間はいなそうだ。

そして……。

「ふんっ！」

ギーク。

貴族というのは剣にこだわりを持っていると聞いたが、例に漏れずギークも両手剣を巧みに使い人形とやり合う。

サラスやアウェンのような豪快さはないが、堅実だ。

そして最後の一人。

「はっ！　はぁぁあああ！」

リリス。

普段気怠げにギークの取り巻きをしているときからは想像もつかないほどの気迫だ。

「さてと……せっかくならアウェンとどっちが残れるか競ってみようかな」

自己強化は定期的にかけ直せる。

体力勝負ならアウェンにも負ける気はしなかった。

◇

「んー、実に素晴らしい。素晴らしいじゃあないか、リルトといったかね？」

結局授業時間内では決着がつくことがなかった。

ギークが限界を迎えそうになったところでチェブ中尉からストップがかかり、何故か俺だけ前に呼ばれていた。

「ずば抜けていたよ。君は一見強そうに見えないというのに、風のように舞い、その実威力はもはやドラゴンすら彷彿《ほうふつ》とさせた」

ご自慢のひげをいじりながら上機嫌にそう言う。

なんだ……？

ギルン少将の忠告もあり、このチェブ中尉には警戒気味に接していた。

そして向こうも貴族ではない俺たちを下に見るという傾向は今日までの調査からも分かってはいたし、実際にそういった言動がちらほら見受けられていた。

狙いが読めず曖昧な返事だけしていると、ついに核心に迫る発言がなされた。

「これだけ素晴らしければ、ケルン戦線での活躍に期待しちゃうねえ」

「ケルン戦線!?」

初めに反応したのはメリリアだった。

「おやメリリア殿下。ご存じで」

「当たり前です。南方戦線最悪の戦場……新兵に向かわせるべき戦場ではありません」

ケルン。

俺たちが向かう南方戦線において、劣勢とされる地域がいくつかある。

その中でも最悪の状況にあるのがこのケルン戦線だった。

セレスティア共和国はパーム公国との同盟後、まずこのケルンの土地を奪還するために兵力を割いたと聞く。

元々勝手の分からない敵地において、籠城出来る優位はあるものの思うように戦えておらず、もはやこちらの戦術は周囲の山々に散ってのゲリラ戦と、決死の特攻になっているという。

こちらが一の被害を出す間に向こうにも一の被害をもたらそうという悪魔のような戦略で動く惨状とも聞いた。要は自爆前提の作戦しか有効な手がなくなっているのだ。

「今や帝国はどこも人手不足。大丈夫です。これほどまでに優秀なんだ。きっと活躍してくれるに違いない」

ニタッと口元を歪ませたチェブ中尉は俺ではなく、何故かギークを見て笑っていた。

十三話　皇女との密会　その二

「リルトさん。決してケルンへは行ってはなりません」

「でもそれを決めるのは俺じゃないだろう？」

「そうです……ですが……」

講義を終え、メリリアに呼び出されて再び密会を行っていた。

周囲の人気《ひとけ》に気を配り、また前回と同じように隠蔽魔法を展開して話に入っている。

「それとも、メリリアの権限で何か出来るか？」

「城にいたときであればともかく、こうして訓練校に来て見習士官となってしまった以上、私にも……」

「だったら指示に従うだけだよ」

「ですが……意味もなくいたずらに死にに行くようなものです」

決して外に漏らしてはいけない発言。

メリリアは訓練校に来たとはいえ王家の人間。その人間が今、現場で命をかけている国民たちの行為自体を否定するようなものだったから。

「貴方は生きなければいけない理由があるはずですよ」

そう言ってまた、手紙を取り出した。

「二通目か」

「さあ。本当はもっと多いかもしれません。ですが私が知るのはそうですね、二通目です」

中身を確認する。

概《おおむ》ね前回と同様の文面が並んでいた。


『今帰ってくるなら……その……ちょっとは大目に見てあげてもいいわ』


そんな文言が付け加えられていたが。

「まだ戻る道もあるはずです」

「ありませんよ」

自分で出てきたのだ。

自分の都合が悪くなったからといってそんな身勝手な真似は許されない。

「どうしてもというのであれば……私もケルン戦線に向かいましょう」

「そんなことが？」

「基本的に劣勢の戦線に向かうことは帝国において名誉です。それを止めることは出来ません」

「にしたってなんのために……」

「みすみす学友を殺したくないから」

「そんなこと言ったらクラスメイト全員について回らないといけなくなるだろう?」

「では……将来有望な帝国の戦力をこんなところで失いたくないから?」

「その割には王国に戻るのは良さそうだったな」

「もう……意地悪ですね……」

メリリアが口を尖らせる。

「貴方のことが気になるからです。死なせたくないのです」

真っ直ぐこちらを見てそんなことを言うメリリア。

まともに相手をするとこちらが持たない表情をしていた。

「ありがとう。でも、無理に来る必要はない」

「もうっ!　少しは何か反応とかないんですかっ!?」

結局のところ多分、メリリア自身も自分の感情を正確に捉えられているわけではなさそうだった。

「早い段階で次の行き先が分かったのが良かったと思うことにするよ。ちゃんと準備していけば、きっと大丈夫」

「貴方ならそうかもしれませんが……」

どの戦場だって命の危険は隣り合わせ。

激戦地にいきなり送り込まれるのは確かに大変かもしれないけれど……。

「そう簡単に死なないさ」

姫様の無茶な要求に比べれば、死地に飛び込むことくらいわけがないように思えるからな。

◇

「ギルン少将……私は反対です！　どうして特別クラスにも選ばれた優秀な人間をいきなり死地に送り込むのですか！」

「メリリア殿下……あまり大声でそのようなことをおっしゃられては……」

「ですが……！」

南方戦線への遠征がいよいよ始まった。

ギルン少将は当初の予定通り一万の兵を率いて訓練校を出ている。他にも訓練校から将官クラスが何名か隊を率いて出てきていた。

その中にはあのチェブ中尉の姿もあった。

道中、中継地点のリング城までは、授業の一環として俺たちはギルン少将直属の部隊として動くことになり、今は何故かギルン少将と俺とメリリアという組み合わせになっている。

「一応魔法はかけておいたけど……」

「ありがとうございます、リルトさん」

出発してから、いや出発前からもずっと、メリリアは俺のケルン戦線行きに抗議し続けていた。

ギルン少将の言う通りあまり外に漏れていい話ではないので、密会のときと同様隠蔽魔法を展開している。

「はぁ……知っての通り帝国では厳しい戦場ほど待遇が良く、また志願兵の士気も高い」

ギルン少将が仕方ないという風に説明を開始する。

先程までの対外的な態度ではなく、授業としてメリリアと接するつもりらしい。口調が変わる。

「ですからこんな、強制的に連れて行くなんて……」

メリリアの主張はこれだった。

激戦区には士気の高い志願兵だけが向かうはずなのに、何故、と。

だが答えはシンプルだ。

「志願兵だけで維持出来るならそもそも激戦区になどならん。要するに志願して向かうのは一握りの将校だけだ。あとはこうして、そいつらが指名して連れて行くなり、自動的に振り分けられるなりだ」

「ですがまさにその将校候補として我々は……」

「まだ見習士官だ。クラスゼロのお前らに権限はない。建前上はな」

メリリアの言うことも正しい。

帝国としては貴重な戦力になり得るのが訓練校の特別クラスの生徒たちだ。

だから暗黙の了解として、いきなり死地に送られるようなことはなく、大切に育ててきていた。

だがそれは明文化されたルールではない。

ギルン少将の言うように、実態は見習士官でしかないのだ。

「あそこは死地だ。それをあの男――チェブが志願し、自ら指名してこいつを連れて行くと言っている以上、すまんが何も出来ん」

つまりそういうことだった。

「でしたらやはり私もそちらへ……」

「いや、メリリアはもっと活躍し易そうな場所に行って欲しい」

「どうして！」

「中尉と並ぶのは無理でも、俺を引き抜けるくらい戦場で出世してくれたほうがいいよ」

「それは……」

平時とは違うのだ。帝国の元来持つ実力主義の考え方は、戦場においてはより明確に機能している。

敵の指揮官クラスを倒していけば自然と、階級が上がって発言権もそれに伴って大きくなるはずだ。

「それまでリルトさんが生きている保証は……」

「アウェンもいるんだし大丈夫だよ」

チェブ中尉の指名は俺とアウェンだった。

貴族ではない者をピックアップしたのか、他の意図があるかはいまいち分からないけどな……。

「何、絶対に死ぬというわけじゃない。私はこいつならうまくやると思うがな」

「保証がないことが問題なのです！」

「じゃあ約束するよ。必ず生き残るって」

実際の戦場なんて経験してないのだから分からないが、それでもメリリアを安心させたいと思った。

「約束です……破ったら私は貴方を……許しませんから」

「分かったよ」

何がこうまでメリリアをかき立てたのか分からないが、気に入られたことに悪い気はしない。

だったらせめてそれに報いられるように、頑張ってくるとしよう。

十四話　暴君の今

「ケルン戦線!?　どこよそれ！　情報を揃えて見せなさい！」

アスレリタ王国、残されたキリク王女の怒声が今日も王宮に響いていた。

王女が居住しているのは城の一角にある広大な屋敷。ここにはキリクより偉い者が来ることはないと言って良かった。

「こちらです。帝国軍が最も苦戦している地域の一つでして……」

「苦戦……？　なるほど、リィトの実力を分かっているやつが帝国にもいるということかしら」

キリク王女のこの言葉に、周囲の人間は呆れることしか出来ない。

帝国軍にとってもはやこの地は救いようのない死地だ。そこに新兵を送り込んだということはつまり、事実上の処刑にも等しい。

王国との繋がりを疑われ、問題を起こす前に戦場で散らせようという魂胆を、王女に仕える者たちはひしひしと感じ取っている。

「それで、どうして手紙の一つも返ってこないのかしら。あいつのことなんだからどれだけ忙しくてもそのくらいのことは造作なく行うでしょう？」

キリクの中で、リィトの所在が判明した時点で、おおよその心中は安心感が占めるようになっていたのだ。

例えるなら飼い犬が少し遠くで遊んでいるだけ。リードは繋いであるのだから、いつでも連れ戻せる。

そんな心持ちで動向を観察していた。

「戦地へ赴くとなればなかなか連絡手段も限られてくるかと……」

「そのくらいあいつならなんとかするでしょう！　あんたたちがサボってるから来ないのよ！」

「失礼いたしました……」

従者たちからすればリィトなど見つからずにどこかで死んでいてくれたほうがいくらかマシだった。

リィトがいなくなってしばらくは姫様もすっかり大人しくなっていたというのに、発見の報告を聞くなり激昂《げっこう》しその時点でとばっちりを受けた何人もの人間が職を追われた。

明日は我が身とびくびくしながらここにいるのだ。

「全く使えない……早くリィトに帰ってきてもらわないといけないのに……」

王女の奔放さにいよいよついていけなくなりつつある従者たちは願った。

この状況を打開する何かを。

だがそれをもたらしていたのはいつだって今ここにいないリィトだったことも、それぞれの従者たちはよく理解していた。

「早く帰ってきて欲しい」

この一点に限って姫と従者の心は一体となっているといえるかもしれない。

そしてこれが、王女キリクにとって彼女が彼女らしくいられた最後のときだった。

十五話　リング城

「ここがリング城か……」

訓練校から南方戦線への中継地点、リング城。

その城下町に拠点を作る形で俺たちは休息となった。

「リルトさん……」

メリリアが心配そうにしているのはこの中継地点を離れるときが別れになるからだ。

「そんな心配そうにしなくても……」

「もう引き止めるのは諦めますが……約束、守って下さいね」

「分かってる」

生きて帰る、それは守れるように尽力しよう。

「では、これが私から出来る最後の届け物です。次からは別の経路を考えます。信頼出来る者を使って」

そう言うとメリリアがあの手紙を差し出す。

三通目。

紛れもなく姫様の手紙だった。
だがさっと目を通しただけで、内容に大きな違和感を覚えた。

『リィト……今はリルトなんだったかしら？
なんで知ってるって？　私をあまり舐めないことね。
私にかかればなんだって分かるんだから。
それでえっと……元気にやっているのかしら？
返事くらい寄越せないものなの？
私がここまでやってあげているというのに一体何を考えているのかしら。
帰ってきたらただじゃおかない……じゃなくて、
とにかく、元気にやりなさい。
何があっても必ず生きなさい。
これは命令よ。
破ったら今度こそただじゃおかないから』

「これは……」
「どうもこれまでとは雰囲気が変わりましたね」
姫様の態度が軟化しているというか……違和感の最大の正体は「帰ってこい」と一言も言わなく

なったところだ。

「リルトさん、アスレリタ王国の状況はどのくらい入っていますか？」

「今は特段積極的には……」

「そうですか。でしたら簡単にですが、国内、特に王都では民衆の不満が高まっています」

「それは何も今に始まったことでは……」

アスレリタは元々優れた為政者がいた国だというわけでもない。

王族貴族の特権も多く、民衆の特権階級に対する不満は常に渦巻いている状況だった。

「おそらくですが……リルトさんが思っているよりも深刻だと思います」

「民衆軍《レジスタンス》か」

「そこまではご存じでしたか。私は最近になって初めて知ったのですが……その通り、動きが活発化しており一部貴族に怪我人まで出たとか」

「なるほど……」

「リルトさんがいた当時は、貴方が事前に対応していたんでしょうけど……」

買いかぶりすぎではあるが、確かに平民、というか孤児の生まれながら王女に仕えるに至った俺はその点で非常に動き易かったのは事実だ。

民衆軍《レジスタンス》はある意味国民のガス抜きのためにいい案配なので、貴族や王家も黙認していた存在。ただその案配をコントロール出来る人間がいないと確かに問題だ。

ましてやこれが他国と繋がったりすると一気に状況はまずくなるんだが……。

仮想敵国の帝国の王女に動向が筒抜けというのはまあ、相当酷い状況と言えるだろう。

「まあ、今の俺には関係ないか……」

その言葉を口にしてから、自分でも何か分からない妙な違和感に襲われた。

なんだ？

今の俺に関係ない。それは間違いない事実のはず。

だというのに、妙な違和感が離れないのだ。

「そうかもしれませんね」

含みのある笑みを浮かべながら、静かにメリリアは星空を眺めていた。

◇

「おい。起きろ」

「どうしたんだ？」

夜、アウェンとの相部屋で過ごしていると思わぬ来客があった。

アウェンは爆睡しているが俺は元々睡眠時間が短いので起きていたんだが……。

「少し話がある」

ギークが取り巻きもなく一人で、俺のもとにやってきていたのだ。

◇

「ケルン戦線の惨状、お前はどこまで把握している」

「え？」

「ったく……一度で理解しろ。このうすのろが」

聞き返したのは理解出来なかったからではない。

その声音にわずかだが俺を心配する様子が見受けられたからだ。

とりあえず質問に答えよう。

「どこまで……激戦を好む好戦的な中将が指揮を執る戦場で、しかも劣勢。湯水の如《ごと》く兵が使い捨てられる地獄、というのが噂で流れる情報だな」

「そうだ。だがそれが全てではない。いいか？　お前はこれから向かう地獄をもう少し知らなければならない」

ギークが俺を見つめる。

その意図が摑みきれないが、悪意があるようには見えないし、仮にあったとしても聞かない理由はない。

流石に行軍が始まった今、味方の足を引っ張り合うことは避けるはずだしな。

「まず指揮を執る中将だが……グガイン中将。百戦錬磨の帝国が誇る将軍の一人。だがその作戦は苛烈だ」

ギークが地面に図示しながら説明する。

「味方の兵力も敵の兵力も十だとしたら、お前ならどうする、リルト」

「互角ならそもそもなるべく勝負をしたくないけどな……」

「そうだ。普通は兵の損害を考えて戦略を立てる。この状況なら優位な状況を作るために動くのが普通だ」

普通は、と言った。

話の流れからするとグガイン中将というのは……。

「普通ではない。互角なら勝てるという確信を持っている。劣勢であっても、戦力差が倍程度なら跳ね返す。実際それだけの実力の持ち主だ」

「とんでもないな……」

「そうだ。だから帝国軍部はグガイン中将に口出しはしない。さっきの話だが、グガイン中将は十対十の状況なら、一対〇の勝利を目指す」

「それは……」

九の味方の犠牲はいとわないということだ。

そして今、俺はその九に含まれていることは疑いようもなかった。

「グガイン中将のもとに送られるのは行動力のある馬鹿がほとんどだ。帝国からすればいい口減らし。そこに選ばれたお前が何をすべきか、分かるか？」

行動力のある馬鹿は前線に送れという話は、ギークが講義で放った言葉だった。

「行動力のある有能を演じる、か」

「出来るなら、な。チェブ中尉はグガイン中将にかなり親《ちか》しい人物だ。お前を選んで連れて行くのは何も、使い捨ての駒としてじゃないはずだ」

確かに言動はともかく、あの魔法は戦局にも影響をもたらすものだった。

そのチェブ中尉が選んで連れて行くということが、何も悪い意味ばかりに捉える必要もないということか。

「にしても……なんでわざわざ」

驚いたのはギークがこうして俺のもとにこんな話をしにやってきたことだ。

「お前は生きて帰る義務が出来たのだろう。私は帝国の貴族としてこの国に貢献する者であり、今は帝国軍人だ。この程度当然だろう」

「そうか」

生きて帰る義務。

メリリアはことあるごとにその話をしていたからな。

それを聞きつけたわけか。

「逆に聞くが、お前は別にこのような死地に飛び込む理由などないだろう。貴族ではないのだ。なのに何故戦う？」

何故……か。

考えてもぱっと答えは出てこない。

俺はただ、姫様から逃げてこの場所にたどり着いて、姫様から逃げるためだけにここにいるのだから。

「理由も語れぬ信念では死地で持つとは思えんな。ここでいっそ故郷にでも帰ればどうだ」

ギークがあえて挑発するようにそう告げたことが分かる。

「考えておくさ。でも俺は、帝国軍人としてしっかりやるよ」

「ふん……」

もう言うことはないと言わんばかりにギークが背を向けて歩き出す。

「お前がどれだけ醜く、意地汚く生きながらえようとしたとしても、貴族でもないお前には痛くも痒《かゆ》くもないだろう。地べたを這いずってでもせいぜい生きながらえると良い」

「分かったよ」

最後はやはりらしい言葉を残して、だがその裏に生きろというメッセージだけは添えて、ギークがその場を離れていった。

「夜が明けるな……」

姫様の要望を満たす生活で、睡眠などほとんど取らずとも動ける身体になっている。

「死なないための準備運動くらい、しておくか」

メリリアとギークにわざわざ釘を刺されておいて死ぬわけにはいかないな。

出発の時間まで、汗を流すことにした。

十六話　ケルン戦線

「生きの良いのをお連れしました。グガイン中将」

「ご苦労、チェブ中尉」

リング城から数日。

俺とアウェンはケルン戦線の作戦指揮を執るグガイン中将のもとへ連れて来られていた。

「さて、貴様らが新たな駒というわけだな」

チェブ中尉よりも大柄、というより、見ようによっては醜いと言っていいほどでっぷりとした腹が目立つ男が、グガイン中将だった。

「この度は……」

「良い。くだらないことは好かん。お前たちには早速だが任務を与える」

「任務……？」

到着直後に一体何をと考えるが、考えがまとまるよりも先にグガイン中将が乱暴に書類を俺たちの前に投げ捨てるように置いた。

「一通り目を通せ。そしてそこに記されたことをこなせ」

さっと目を通すが、そこには敵勢力の配置図や重要人物に関するプロフィール情報が記されている。

この資料の形式は……。

「暗殺……ですか」

「ふむ。頭は回るようだな。だがそれだけではない。情報を引き出すだけで良い場合もある」

よく見れば確かに殺すにはあまりにハードルの高い人物までピックアップされていた。

敵のエースクラスであったり、そもそもの総大将であったりだ。

「失礼しました」

確認不足を形式上詫《わ》びておく。

気にする様子もなくグガイン中将が続けた。

「お前がいかに賢かろうが、お前には残念ながら帝国軍人としての芯になるものが感じられん」

ドキッとする。

奇《く》しくも数日前、ギークに言われたことと全く同じだったからだ。

それと同時にこの依頼とこの言葉……グガイン中将は、俺の素性を知っている可能性が高い。

「貴族というのはそれだけで信用が出来る。帝国のため、身を粉にして働くという信用がな……だが貴様にはそれがない。血の縛りがないのだ。そのような者に武器を与え、情報を与え、使役するリスクを冒すくらいであれば、私はさっさと前線でそいつを殺す」

禍々《まがまが》しいとも言えるオーラを放ちながら俺に詰め寄ってそう告げるグガイン中将。

その気迫はまさに、帝国が誇る百戦錬磨の男にふさわしいものだった。

「だが今回は特別だ。お前が活躍する度、この男の寿命が延びる」

「え？」

横にいたアウェンを指して告げるグガイン中将。

「いいか？　こいつはお前と違ってただ少し役に立つだけの駒だ。駒など所詮使い潰すもの、いつ潰すかは私の裁量で決まる」

そういうことか……。

「お前が情報を持ち帰る度、この男の前線送りは遅らせる」

「リルト、気にすることたぁねえぜ。俺は前線だろうがなんだろうが大丈夫だ」

アウェンがそう言うが、個の武力でなんとかなる問題ではないところも往々にしてある。

特にアウェンは一極集中型の才能を持つタイプ、搦手《からめて》で来られれば一気にやられる恐れもあるのだ。

物理攻撃が主体ではどうしても、数の多い敵には不利だからな。

「情報一つでどの程度……？」

「三日。最初の猶予は十日やろう」

「分かりました」

「ほう。諦めたか？　少しは条件に対して食い下がるのではないかと思ったのだがな」

「いえ……」

十日以内にまず一人目を、その後は三日以内……。

十分すぎる猶予だ。

姫様に比べれば生温《なまぬる》いほどに、十分すぎる猶予だった。

「お心遣いに感謝します」

「ちっ……もう良い。アウェンと言ったか。お前もただの人質ではない。それ相応の働きは見せてもらうぞ」

「おうっ。お任せあれ」

「ふん……確かに生きの良いやつらを連れてきたものだな、チェブ中尉」

俺とアウェンの態度が想定外だったようで、矛先をチェブ中尉へと移すグガイン中将。

だがチェブ中尉も慣れた様子でその口撃を躱す。

「お褒めいただき光栄の至り」

自慢のひげを撫でながらそう告げる。

「まあ良い。お前には死んでもらうぞ……今回もな」

今回も……？

チェブ中尉は表情を崩さずこう答えていた。

「帝国のためならば喜んで、この命差し出しましょう」

「良い心構えだ。帝国軍人たるもの、貴族たるものそうでなければな」

二人は二人で何か妙な関係値で繋がっている様子だった。

「リルト。俺のことは気にしねぇでいい。ガンガンお前のやりたいように活躍しろ」

「ありがとう」

アウェンは俺を安心させるように満面の笑みで送り出してくれた。

◇

「さて……暗殺と情報収集か」

奇しくも最も得意とする分野での依頼だ。いや分かっての依頼か……。

グガイン中将……読めない相手だった。

だが猶予についてありすぎて驚くくらいの状況だった。姫様のもとでやってきたおかげで。

「もしかしたら姫様に感謝するべきだろうか……？　いやいやそれはないか」

改めて手元の資料に目を通す。

突然現れた俺にポンと差し出すくらいなのだから大した情報はないかと思ったが、意外にも現時点で把握されている相手の行動パターンを含めたプロフィールなど、それなりの情報が記載されていた。

ケルン戦線におけるセレスティア共和国の重要なカードはここに出揃っていると言えるだろう。

「敵の総司令はこれか……」

ネイブ＝ギル＝クライド。

階級は大将。セレスティア共和国は大将格が十に満たないはずなので、貴重な最高位の将官ということになる。

「流石にいきなり総司令を暗殺は難易度の割に成果にならないから後回しだな」

暗殺を行おうとした場合、指揮官が優秀ならばその守備を突破する労力が無駄だ。

そこに時間をかけるくらいなら、もっと他にやり易いところから崩したほうがいい。

一方あっさり暗殺が成功する場合は、そもそも指揮官としても無能なので大勢に影響を与えられない。

戦地でぶつかり合う中であれば動揺を与えられるかもしれないが、人知れず死んだところで代わりが役割をこなしてしまう程度の相手では意味がないのだ。

「このクライドって人はでも、前者だろうなあ」

ケルン戦線、仕掛けて以来ずっと優位を保っていることからそれは窺い知れる。

それだけの将ならば自分の守備を最優先にするはずだ。自分という存在の重要性もしっかりと理解して動くはずだから。

「まずは情報収集だな」

リストを処分し、頭の中でルートを構築していく。

十日後、手土産を持ってこなければ実質アウェンは死ぬことになる。

「行こう」

敵地への潜入。

最初のターゲットに向けて動き出した。

十七話　慣れた仕事

「おかえりなさいませ。ご主人様」

「ほう？　新入りか。今夜部屋に来るといい。私が直々に指導してあげようじゃないか」

「喜んで……ご奉仕させていただきます」

「ふむ。見所があるな。楽しみにしておこう」

上機嫌で立ち去るこの館の主、ロッステル卿を見送る。

無類の女好きとの資料と、その後の調査で裏付けも出来たので与《くみ》し易いと思いメイドとして潜入したのだが……。

「思った以上だな……」

女装も潜入も、場合によっては籠絡もこなしてはきたが、ここまで生理的嫌悪をかき立てる相手というのも珍しいと思えるほどの相手だった。

「この周囲を治めていた子爵で、暗殺対象。情報を聞き出してついでに仕事をこなすとするか」

夜に向けて準備を進めた。

「んー？　お前は自分の立場が分かってないようだな？　私の言うことを聞かねばお前の両親は……」

あれは……。

◇

「うぅ……」

夜、指示通り寝室に向かうとロッステルがメイドの一人に言い寄っているシーンに出くわした。

本来であれば無視してやり過ごすべきなんだが……。

「こうやって余計なことに首を突っ込むから、毎回姫様の機嫌がギリギリになっちゃうんだよなぁ……」

でもまぁ、見てしまった以上は見過ごすのも気分が悪い。

「ご主人様、今日は私を可愛《かわい》がっていただけるのではなかったので？」

「おや、お前は……」

「待ちきれません。すぐにでも、お部屋へ」

「ほ、ほう……ぐへへ……良いぞ。望み通り存分に可愛がってやろうではないか」

醜く顔を歪ませたロッステルを引っ張るようにメイドから距離を取らせ部屋に入る。

部屋の中に警備の人間でもいればと思ったが、それもないらしい。無防備だな……まぁメイド相手に何かされるとは思ってないものか。

「ではまず……」

ロッステルの太った腕が俺のほうに伸びてくる。

部屋中に魔法を張り巡らせ、周囲の人間が入らないようにしてから仕事に取り掛かった。

「この国のことについて、知っていることを洗いざらい吐いてもらおうか」

「は……？」

突然メイドの雰囲気が変わったことに戸惑うロッステル。

「貴様何者だ!?」

「余計なことを喋るな」

「ぐぎゃぁあああ」

壊さないように身体を極《き》める。

場合によっては指から順に……みたいな拷問をやることもあるんだが、今日は身体は綺麗なままにしておきたいからな。痛いだけで壊しはしない。

「まずこの地域、帝国が攻め込んできたときお前はどうしていた？」

「ぐっ……ぁ……分かった！　話す！　話すから」

たったこれだけですっかり大人しくなったロッステル。拘束だけして話をさせることにした。

だが拘束した裏でコソコソ何かを探り始める。

「捜してるのはこれか？」

「それはっ！」

ポケットにあったのは警備を呼ぶための魔道具だった。

その手のものは全て確認して先に押さえてある。

「ちなみに助けを呼んでも来ないぞ？」

「まさかお前……警備を……」

何もしていないんだが、勘違いして絶望しているのでそのままにしておく。

「こんなことをしてただで済むと思うなよ……」

「まだ立場が分からないようだな」

「ぎゃぁあああ」

「大げさな……」

肩を外した。

これなら後で直せるしな。

「さて、順に話せ」

「ぐっ……」

ロッステルの口から出た言葉は、こちらの予想を超えて酷いものだった。

◇

ロッステルの話をまとめていく。

まず帝国が攻め込んできた時点で、ロッステルは領民を捨てて即座に逃げていた。

残された守備兵は城主を失い混乱して一気に制圧されたとのことだ。

「領主である私さえ生きていれば再起は出来る。土地や民はまた集めれば良かろう」

まあ確かに王が生きていれば再起が出来るという意味では正しい場面もあるんだが……全く戦わないどころか味方の兵も気付かぬうちに撤退していたというのはもう、自分可愛さでしかないな。

「その後セレスティア共和国が息を吹き返して今、というわけか」

「ふん……」

だが気になることがある。

この地域、明らかに領民が少なすぎるのだ。

戦地になっているから避難したのかと思っていたが、それにしたっておかしいくらい静かだった。

まず疑ったのはグガイン中将だ。

捕虜とせずに皆殺しにしていてもおかしくはないと思った。だが結末は、それより酷いものだった。

「今の共和国に、それも一度制圧された我が領土に余裕などないのだ。今は使えぬ人間よりも兵士を食わせるのを優先したまで」

帝国は領民を適切に扱っていた。

そしてセレスティア共和国が攻め込んできたときに、身代金を要求して返還を申し出たのだ。

それに対する答えがこれだ。

「帝国も食わせる金が惜しかったのか無条件で解放しよったわ。のこのここちらにやってきた領民ごと帝国の無能な兵士どもを血祭りに上げた。それだけだ」

「お前は……」

「私の意思ではない。クライド大将のご指示だ」

この地が激戦区となった理由、グガイン中将のせいかと思っていたがどうやら考え直さなくてはいけないらしい。

「クライドとその周囲の人間について答えろ」

「良かろう。お前に共和国の恐ろしさを思い知らせてやるとしようか」

拘束されているというのに笑みを浮かべるロッステル。

周囲の警戒を強めながら他の暗殺対象や周辺の情報を集めることにする。

グガイン中将があえて暗殺ではなく情報収集に止《とど》めたクライドとその直下の将校たち四名。

ロッステルの余裕の笑みもまた、こいつらの強さから来るもののようだった。もっともこのタイプは自分が助かる確信もないとこの態度は取らないだろうから、どこかから助けが来ることを確信しているようだったが……まあもちろん対策はしてるんだけどな……。

「クライド大将がいる軍に負けはない。あの方々がおられる限りはな……」

得意げに情報を吐き出してくれているうちは何も言わないでおこう。

クライド自身はともかく、他の四人に関しては調査対象であるのと同時に、暗殺しても構わないとある。

こいつが大した情報を持っていなかったとしても場所さえ分かればいいと思い、質問を続けた。

◇

「ほう。あえてあの馬鹿貴族を狙ったか」

報告のためグガイン中将のもとを訪れる。

ロッステルのもとに向かったことを告げると高笑いしていた。

嫌いだったんだろうなぁ……。

「で、首は？」

「置いてきました」

グガイン中将の周囲にいた兵士が目を見開く。

報告を受けた中将は一瞬眉をひそめたあと、こう言った。

「ふむ……。お前はそれで、どのように証明するつもりだ？」

通常ならば暗殺には証拠が必要だ。

だが……。

「このタイミングで、暗殺者が出たことを公にするのは得策ではないかと。私はもう少しお役に立てますので」

「言いよるな。だが伝わらねば意味は……」

「中将！　ご報告がございます！　共和国貴族、ロッステルが死亡したとのこと！　事故死です！」

報告に来た兵士を一瞥《いちべつ》したのち、こちらを見るグガイン中将。

「何をした？」

「事故死に見せかけることは容易いかと」

「そちらはまあ良い。だが……」

どうやってここに報告が届くようにしたか、か。

「私は使用人として潜入しました。そして第一発見者も私です。あえてその報が敵全土に知れ渡るよう大げさに、大々的に報じることで、敵に混乱を、そして……」

「なるほど。確かにそれほどに広めればこちらにも様々な筋から情報が入るというわけか」

グガイン中将が口元を歪ませる。

「お前が思ったよりも使えることは分かった。して、次は何をする？」

お眼鏡にかなったようで何よりだった。

次の行動もすでに、決まっている。

「敵将クライド、その直下に君臨する四名の排除を」

「ほう……あれを殺せるというのか？　お前に」

「ロッステルから引き出した情報とその他、今回報告に上げた資料から可能と判断します」

それぞれが知略、武力ともにトップクラス。

戦場への影響力も大きく、クライドが大将の地位に上り詰めたのもこの四人の存在が大きかったと言われている。

だがまあ、過去相手にした者たちに比べれば、ぬるいと言わざるを得ない。その程度の者だった。

共和国はパーム公国と帝国との小競り合い程度しか行っていない国だから軍もレベルは高くないのだろう。

「よかろう。だが四人ともやる必要はない」

そう言ってグガイン中将が立ち上がる。

「半分だ。二人殺《や》れ。あとは戦場で片をつける」

それは軍人の誇りか、狂人の本能か。

周囲の兵士が思わず顔を歪ませ姿勢を崩しそうになるほどの圧を放ちながら、グガイン中将が告げる。

「それ以上は戦場の面白みがなくなるのでな」

目を光らせて外を睨む表情はやはり、軍人とも狂人ともとれない案配だった。

「かしこまりました」

二人までか。

いや、危なかったな。

「では、私はこれにて」

すでに二人は処理してしまったあとだったから。

◇

「ははは！　お前はもう終わりだ！」

ロッステルが勝ち誇った表情でそう告げる。

周囲には幾重にも偽装の魔法を張り巡らせていたというのに、的確に俺のもとにたどり着いた人物がいたのだ。

「さっき話してやったであろう!?　絶望するがいい！　クライド大将傘下の最強の暗殺者！　レウィン様だ！」

「これが例の四人の一人か？」

「そうだ！　さあレウィン様！　どうかこの不届き者を……へっ!?」

レウィン＝ギルタークか。

資料とロッステルやその他の証言から話をまとめると、将でありながら自らが潜入や暗殺をこなす変わり者ということだが、本当に本人が来たのか……。

いやまあ、偽者かどうかは後で考えればいいか。

と、そんなことを言ってる場合じゃないな。

「それは俺の仕事だぞ？」

「……」

ロッステルの首を片手で持ち上げるレウィンと目を合わせる。

全身を黒い布のようなものでほとんど顔まで覆い隠す細身の……いやもはややつれていると言っても良いほどの細腕ながら、醜く太ったロッステルを持ち上げる光景は確かに、見る者によっては畏怖の対象になるだろう。

「返してもらおうか」

すでに間合いには入っている。

「……!?」

即座にロッステルを捨てて懐に手を入れるレウィン。

だが……。

「遅い」

一瞬の交錯。

首を切り落とし、一滴の血もこぼさないようマジックアイテムに無理やり突っ込む。

人一人を入れるのはそれなりの隙が生まれるが、今この場にその隙を突ける者はもういなかった。

「は……？」

ロッステルは何が起きたかも分からなかった様子でうろたえる。

「こいつのおかげで自信満々に情報を吐き出してくれていたわけか」

「ひぃっ……待て！　どうだ？　金をやる！　金を……えーっと……」

バタバタと慌てふためくロッステル。

隙だらけの背中。

「ぐっ……がはっ……」

転倒したように見える位置に致命傷を負わせる。

バタンと音を立ててロッステルの躯《むくろ》が床に落ちていった。

「あとはこのことを大々的に喧伝《けんでん》して……このメイドは主人の死を見たショックで田舎に帰ったって設定にして……さっきのレウィンの偽装工作か」

探していたターゲットがこんな形で懐に飛び込んできたのは運が良かった。

おそらくレウィンも、俺がここに誘い出したことも、この部屋に何が仕掛けられていたのかも理解していなかったんだろう。

優秀だったからこそ誘い込まれたといえる。

だがこのくらいの相手ならまあ……帰るまでにあと一人くらいいけるだろうな。

十八話　自分の意思で

「アウェン！」

「おおリルト！　早かったじゃねえか！」

グガイン中将との話を終えた俺は近くにいるというアウェンのもとを訪れていた。

「これは……」

訓練施設で一人剣を振るっていると思っていたのだが、予想に反してアウェンは指揮官としての訓練を行っていた。

率いる兵はチェブ中尉のあの、黒い魔法人形たちだった。

アウェンの指示に合わせて動く黒い人形たち。

面白いことに魔法人形たちは指示に忠実が故に、アウェンの指示が的確でなければ思わぬ動きをする。その度頭をかきながらもなんとか正しい指示を与え直すアウェン。

その様子を眺めているると術者であるチェブ中尉が後ろから現れた。

「おやおや、こんなところにいていいのかねぇ？　君には時間がないのではないか？」

「報告に戻っていました」

「そうか……ならせっかくだ。見ておくと良い」

そう言うとアウェンの兵に対峙するように、対面にも黒い兵士たちが生み出されていく。

「数は互角。ざっと五〇〇程度かねぇ。これで彼は陣形と指揮について学んでいる」

五〇〇というのは軍全体でみれば小規模かもしれないが、こうして並べればそれなりの規模になる。

その陣形を整え、また相手の陣形を瞬時に見抜いてぶつからせるというのは確かに、こうして実践で学べるのは大きな糧になる。

「私の兵は死を恐れぬ。戦闘力そのものは練度ある兵には及ばないが、それでも的確に指示を送れば役に立つし、何より……」

「潰し合いに最適化されていますね」

「その通り」

アウェンの戦いを見ていると分かる。

普通は陣形というのは相性があるのだ。相手の陣を見極め、こちらが有利なものをぶつける。

その予想と実践によって戦闘は行われるんだが……。

「あえて同じ陣形を組ませている」

「同じ陣形同士というのは、最も苛烈な戦場を生み出すからねぇ」

確かに理にはかなっていた。

このやり方はチェブ中尉のこの魔法で行う分には最善と言っても良い。

こちらの被害はほとんどないままに相手に甚大な被害をもたらすのだから。

だがチェブ中尉は、いやグガイン中将はこれを、生身の兵士にも強いるのだ。

だからこそこの戦場は常に激戦区となる。

アウェンの訓練の様子を眺めながら次のことを考える。

共和国のキーパーソンを暗殺済みであることをグガイン中将に伝えた時点で、俺もアウェンもこの地の戦争に巻き込まれていくことになる。

幸いアウェンは戦場の駒として使われることは避けられたとはいえ、激戦区であることに変わりはない。

もう少し、この戦場で二人とも確実に生き残る方法を考えたいところだった。

だからこそ暗殺済みであることを伏せておいたんだが……。

「持って三日くらいか」

その間に何か考えないといけないな。

◇

「そういやリルト、お前に渡すもんがあったんだ」

訓練を終えて自由になってすぐ、アウェンから封筒を渡される。

さっと中身を確認すると姫様からの四通目の手紙だった。

封蠟も見えないようにしてくれているところに配慮を感じる。

「ありがとう」

「にしてもこれ、俺もよく分かんねえけどすげえ高そうな身なりのやつが持ってきたぞ。お前、なんか大変なことに巻き込まれたりしてないか？」

驚いて思わずアウェンのほうを見てしまう。

こんな状況だというのにこちらを心配してくれていた。

「ありがと。大丈夫だよ」

「そうか。まあお前がそう言うんなら大丈夫なんだろうな」

それだけ言ってアウェンはその話題を打ち切った。

いや、最後に一言だけ、こう付け加えて。

「まあ、なんかあれば話せよ。出来ることはするからよ」

本当に良い友人に恵まれたものだった。

◇

「さて、今回は……」

手紙の内容を改めて確認する。

『リィトへ
本当にいつになったら帰ってくるのかしら。
まあいいのだけど……。
何かよく分からないけれど、貴方は溜まっていた休暇？　があるようだから、
まだ罪に問われることはないみたいよ。
良かったわね。
でもそろそろ帰ってこないと大変なんじゃないかしら。
別にその……何か用があるのならいいのだけど、
手紙くらい返せないものかしら
とにかく死んだら承知しないから！
それだけは守りなさい！
絶対よ！
いいわね！』

なるほど……。
どうやら俺は今、休暇ということになったようだった。
姫様の態度が何故変化したのかは分からないが、早く帰って来いとも、帰ってから何をするとも
言わなくなったのは……。

「いっそ不気味だ……」

素直に喜びにくいところがあった。

メリリアとの話を思い出す。

──民衆軍《レジスタンス》

グガイン中将へ暗殺の件を伝えるまでにおよそ三日の猶予がある。

うまくいけばもう少しあるかもしれない。

俺は帝国軍人。

「はぁ……」

本来であれば間違いなく、この戦場で強敵となり得る相手を調査するなり、場合によっては手を下すなりのために動くべき猶予だ。

だが……。

「気になるものは仕方ないか……」

ここ、ケルン戦線から王国付近の情報を自分の目で確かめようと思うと、三日というのは物理的にかなりぎりぎりの距離だ。

馬車を使っていたら全く間に合わないが、俺には別の移動手段がある。

それに何も、必ずしも現地に行かなければ情報が入らないというわけでもない。

「やるか……」

自分でもどうしてそう決意したか分からない。

だがまあ、姫様にこちらの動向がバレている以上、全く向き合わないで居続けることも難しいのは確かだ。

いや……。

単純に気になったんだ。

姫様の命令でなく、軍人としての規律に従うでもなく、ただのリィトとして、俺が気になったんだ。

考えは後でまとめよう。まずは王国に向けて走り出す。

自覚した気持ちの整理ごと置き去りにするように。

十九話　帝国と王国

「これでよろしいのですね、カルム卿」

「ああ。全て予定通り。あとは私に任せておけ」

「ではうまくいった暁には……」

「分かっている。お前たちは全て我が臣下として迎え入れる。場合によっては貴族になれるぞ。帝国のだがな」

ガルデルド帝国とアスレリタ王国の国境付近の森の中にポツンと立つ小さな小屋で、一人の帝国貴族と、王国の民衆軍《レジスタンス》幹部数名が密会を行っていた。

ガルデルド帝国の東、カルム辺境伯の領地ではあるが、眼前にはもうアスレリタ王国の西の街、アレリアが見える位置で男たちは会話を楽しんでいる。

「しかしやり易くなりましたよ……王女に付いていた執事がいなくなってくれたおかげで」

「よく聞く話だが本当にそれほどまでに優秀なのか？」

訝《いぶか》しげに尋ねるカルムに対して、次々に民衆軍《レジスタンス》幹部たちが声を上げる。

「今回お渡しした王国の守備に関わる資料ですが、かなりザルだと思いませんか？」

「ふむ……。まさかお前たちからその言葉が出るとはな。罠がないかとあとで探りを入れてやるつもりだったわ」

豪快に笑うカルムに苦笑しながら幹部の一人がこう答えた。

「守備がザルな理由もまさに、その執事のせいですよ」

「どういうことだ？」

「簡単です。これまでその執事が一人で勝手に守ってたんですよ、あらゆる場所を」

「は？」

カルム辺境伯が驚くのも無理はない。

普通ではありえないことだった。

今手元にあるのは王国の、とりわけ王都と国境沿いの拠点に関する軍事機密資料に当たる。

いつどこを警護しているか、交替のタイミングから巡回経路までの情報が事細かに記されている。

そしてそこに割かれている人員は百人単位の規模なのだ。

つまり先程の話が本当なら、百人単位の仕事を一人でこなしていたということになる。

「ありえぬ」

「でも、それをやっちまうのがあの化け物執事だったんですよ」

最初は冗談だろうと一蹴するつもりだった。

だが真剣な表情で語る男たちを見て、カルムはまさかと思いながらも話を掘り下げることにした。

「馬鹿な……」

「そもそもその情報だってあの男が王都……いや王国に残ってたら、渡す前に間違いなく俺らが殺されてましたよ」

「実際うちの幹部も何人もやられてますし、帝国から派遣した諜報員《ちょうほういん》だって、帰ってきてないんじゃないですか？」

そう言われてカルムは背中に冷たいものが流れたのを感じた。

確かにそうなのだ。

各方面へばらけさせていたので厳密な計算が追いつかず気に留める余裕もなかったが、こうして思い返せば王都まで向かった者で帰ってきた者は最近になるまで一人もいなかった。

「今のザルな守備体制はそいつに甘えすぎてたるんだ軍部の怠慢ですよ。それを上に報告するわけにもいかないからさらにグダグダになってるみたいで、俺たちもやり易くてしょうがないです」

「そもそもカルム卿と繋がるのだって、あれがいたんじゃ出来なかったですしね」

口々に出てくる情報にカルムは驚愕する。

ありえない話に信憑性《しんぴょうせい》が出てきたこともある。

王国にはそれだけの化け物がいたということだ。

そして何より、その執事が敵対したはずの勢力である民衆軍《レジスタンス》にすらこうして賞賛されていることは、一定の評価をする必要があるだろう。

「軍部の怠慢など、帝国からすれば本当にありえぬことだがな……ことが露見すれば関係者は一族郎党に及ぶまで首が飛ぶだろう」

「うちもそうですよ。本来なら、ね」

民衆軍《レジスタンス》の若い男は不満げに訴える。

「だからこそ俺たちは、この国を本来の形に戻そうとしてきた」

「まあでもそれも終わりだけどな。あのわがまま姫様のブレーキだった執事がいなくなったんじゃ、俺たちが何したって不満なんて抑えきれないし」

「別に国を建て直さなくったって、あんな無法の王族に付き従わなくて済むようになるならそれでいい」

民衆軍《レジスタンス》、いや王国民の言葉にカルムは考え込む。

王国の政治は良くも悪くも普通だ。そうすれば当然、恵まれぬ者たちに不満が募るのは仕方がない。だがそれをうまくいなすのが王族や貴族の義務だった。

それをあろうことかアスレリタの王家は、いやその一人娘キリクは、民衆の不満に気付くことなく逆に刺激し続けていた。そして王もまたそれを窘《たしな》めなかった。

それもこれも、彼らの話を信じるなら、たった一人の男が姫に代わってその民衆の感情までコントロールしていたからだ。

だが……。

「化け物執事もいない。俺たちの動きに呼応して国内はきっと混乱するでしょうね」

「場合によってはカルム卿がもう全部持ってっちゃったほうが平和かもしれませんね」

「戯言《たわごと》を……」

だがそうなればと、野心家のカルムはひそかにほくそ笑む。

それでなくてもこれまで手が出しにくかった王国の内部事情を引き出し、こうしてその領土を削り取る計画を進めることに成功しているのだ。

改めて帝国にとって大きな貢献を認めてもらえる日が近いことをカルムは確信していた。

「まあ良い。とにかくこれでお前たちの国、アスレリタの西は我が領土になる。そしてそこが、お前たちの新たな住処《すみか》だ」

「ありがとうございます！」

「手はず通り進めろ。これからもよろしくやれ」

「分かりました。これからもよろしくお願いしますよ、カルム卿」

一人の執事の与えた影響がこれほどまでに大きいと認識されることは異常だ。

だがそのおかげで、カルムにとって都合よくことが運んでいる。

民衆の不満の根源であるキリクを捕らえるために兵を貸し、その混乱に乗じて王国の領地をかすめ取る算段。

民衆軍《レジスタンス》はキリクを殺すつもりだったが、なんとか抑え込んで交渉材料に使うことを呑ませた。

キリクの身柄と引き換えに莫大《ばくだい》な領地を得るのだ。

「何もかもうまくことが運びよるわ」

民衆軍《レジスタンス》が消えた小屋でカルムが一人ほくそ笑む。

カルムは自分の幸運に感謝していた。

すでにその執事が帝国にいるという情報は入っていたからだ。

そして息子のギークが、その実力を見極め、逐一報告もしてきている。

「所詮王国など、偉大なる帝国には遠く及ばぬ小物だったということであろう」

冷静に民衆軍《レジスタンス》の話とギークからの報告を比べればその意味が見えてくる。

化け物執事。それが優れていたことは認めようと、カルムは一人うなずく。

だがそれは、小さな国だからこそ活躍出来ただけのこと。帝国に入ればその才能は有象無象の一部と同じだったのだ。

多少出来るやつ、とはギークから報告を受けているが、とてもじゃないが帝国内であれば一人で国を動かすような大人物に当たるとは思えない。

「王女もあの若造どももどうなろうと知ったことではないが、見る目のないやつらだ」

カルムが心底愉快そうに笑う。

「これで私の領土は倍増……皇帝陛下もその功績を讃《たた》えてくれるに違いない」

誰もいない小屋で一人、カルムは近い未来に訪れるであろう自分の幸運に酔いしれていた。

その姿をある者に見られていることになど、全く気付くこともなく……。

二十話　王女の決意

「使えないわね……」

「申し訳ありません姫様。ですがもうこれくらいしか……」

王女キリクは苛立《いらだ》った様子で従者を睨みつける。

これで希望通りのメニューが届けられなかったのはもう三度目。

三度もミスをして未だキリクに仕えているのはおそらく、彼が初めてだろう。

だがキリクがそうせざるを得ないほど、状況は切羽詰まっていた。

「ふん……まあいいわ。もたもたしないで。さっさと準備を」

キリクが苛立ちながら席に着き、食事を取り始める。

何かあればすぐに駆けつけ、いやむしろ何かある前にキリクの表情や態度から希望するものを読み取り対応していたあの執事はもういない。

キリクは自分自身が自覚していない部分まで踏み込まれることすら多かったことに、リィトがいなくなってからの期間で気付かされていた。

「全く……」

最初の数日は自分が何をしたいかもコントロール出来ない状況にあった。

もちろんリィトがいなくなったことに対するストレスというのもあるが、それは次第に、これまで自分の決定すらリィトが支配していたことを気付かせることになった。

たとえばオレンジジュースが飲みたいと言ったとする。

リィトの代わりを務めた一人目は、ビクビクしながらも即座に要望通りのものを用意した。

だがキリクは口をつけるなりそれを叩きつけたのだ。

「私が欲しかったのはこれじゃない」と。

キリクにすれば当たり前の行動だった。何せそれまでは一言オレンジジュースと言えば自分が飲みたい温度で、自分が飲みたい味にアレンジを加えて出されていたのだから。

場合によってはそれは別の果実のジュースになってすらいたほどだ。

そんなことはまるで頭にないキリクと従者はお互い頭を抱えた。

数日経ってようやくキリクは理解したのだ。改めてあの優秀すぎる執事の偉大さを。

「で、あの連中の動向は追えているんでしょうね」

「民衆軍《レジスタンス》ですね。問題なく。ですが本当に放置でよろしいので？」

「じゃあ貴方が先んじて手を打ってくれるのかしら？」

「それは……」

キリクは好き勝手わがままを叶え続けてきたが、一点、武力に関しての権限だけは一切与えられていなかった。

私兵団、親衛隊、あらゆる武力がないのだ。

形の上では王都騎士団の一隊がキリクを警護することになっているのだが、もはや機能していないことは誰の目にも明らかだった。

リィトが王宮を出たときに感じたように、本来動かなければいけない警備隊は堕落しきっている。

「全く……リィトが今までどれだけのことをやってきたか、こんな形で気付かされるなんて……本当に……」

状況を正しく理解しているのはキリクだけだった。

何故なら残った使用人たちもまた、リィトの有能さに気付けないままのんびりと過ごしてきた者たちだったから。

そうでない者はすでに離れていっていた。

その恩恵をどれだけ受けてきたのか理解していなかったが故に、今もどうして仕事がうまくいかなくなったのかすら理解しきれていない。

「こんなことなら何人か残しておくべきだったわね……」

あの暴君キリクですら、感情に任せて追い出した者たちを呼び戻したくなるほどに、絶望的なほど使用人たちのレベルは下がっていた。

「民衆軍《レジスタンス》は明らかにどこかの金づるを捕まえたわね……」

動向だけは追いかけ続けたキリクには民衆軍《レジスタンス》の動きが活発化した背景まで見えている。

だがその相手が誰かまでは見当が付いていなかった。

民衆軍《レジスタンス》の狙いはおそらくだが自分だ。元々貴族王族に対する不満のガス抜きのための組織だったが、こうなってくるともはや、本気で生命の危機について考えなければならなくなってくる。

「考えられるのは金づるを使って傭兵を雇うなり、武器を新調するなりして来ること……私が王都にいない今なら狙い目。ただ殺すより私は生かして交渉材料にしたほうが利用価値はあるわよね」

食事を取りつつ、ブツブツ呟きながら考え込むキリク。

リィトを失い、情勢も悪くなり、追い出されるようにして王国の西のはずれであるこのアレリアという辺境都市に拠点を移したのがつい最近の出来事だ。

本来いるはずの護衛は数字の報告の半数も揃っていない。中身もまあお察しの通りという状況だった。

民衆軍《レジスタンス》がいかに平民だけで構成された大したことのない相手だったとしても、今の状況では不安が大きい。

ましてやどこかの貴族が関わっており、正規兵が出てこようものならひとたまりもないのだ。

「ま、流石にそれはないかしら」

いくら何でも王族に仇《あだ》なしてその先生き残れる貴族などこの国にいない。

「とにかくこのくらい、私一人で乗り切ってみせるわ」

キリクが自分の気持ちだけで動く普段の様子を封印しているのは、何も生命の危機を感じているからではない。

むしろその点についてははっきり言って油断しきっているとすら言えた。

本当に気にしているのはただ一点。

「じゃないと、リィトに笑われちゃうじゃない」

帰ってきたときに愛想をつかされては困る。

そのために王女キリクは初めて、努力をしていた。

誰にも見られずとも、誰にも認められずとも、誰にも頼らずとも、この状況を打破すればきっと、あの万能執事が帰ってくると信じて……。

二十一話　わがままな執事

「だからギークは俺を目の敵にしていた……のか？」

帝国の東の果ての森の中で一人考えをまとめる。

ギークはいつの時点からかは分からないが、俺の素性を把握していた。

そしてそのギークの父が、対アスレリタ王国の筆頭だ。

「にしてもこれは……結構まずいことになってるなぁ」

民衆軍《レジスタンス》は元々王家を目の敵にしていたし、そのための組織だった。

その必要性を王家も受け入れていたからこそ、盗賊団のように根絶はさせずに残してきたのだ。

だが今回、彼らはそのお目溢《めこぼ》しを受けられる範疇《はんちゅう》を踏み越えてしまっていた。

もちろん民衆軍《レジスタンス》をかばう必要はないんだけど……。

「他国と繋がったら彼らがいる意味はなくなっちゃうからなぁ……」

だがどうも今のところ、それを止められる人間も王国にはいない様子だった。

このまま行けば本当に国を揺るがす事態に繋がりかねない……。

もちろん王国も戦力は持っているから情報さえ届けば簡単に鎮圧してしまうのだろうが……。

「まあ今更俺には関係ない、といえばそれまでではあるんだが……」

生まれ故郷ではあるが、育った孤児院はすでにない。皆それぞれの環境で生きているはずだ。

身内と呼べる人間などもういないし、思い入れがあるとすれば……。

「姫様……もまあ、生命は取られないいって話だし」

交渉のカードとしては最強なのだ。

なんせあれだけのわがままを許していたのは他でもない国王なのだから。

その生命と天秤《てんびん》にかけたとき、西の領地くらい手放してもおかしくはない。もちろんそれまでに色々と水面下での攻防は起こるのだろうけれど。

「まあでも、聞いた以上は対策くらい……」

この場所まで来れば姿を見せずとも姫様に手紙を届ける手段はいくらでもある。

「何やってるんだろうな……」

自分で出てきたというのにわざわざ自分から干渉しに行くというちぐはぐな行動に我ながら呆れるというか……。

まあこんな所まで来てしまったんだ。今更だろう。

「それにしても……」

なんて書き出そうか……。

手紙くらいは寄越せと言っていたわけだし、邪険にするようなことはないだろうが、それでも勝手に出ていった使用人からの手紙だもんなあ……。

「まあ、最低限今回のことに帝国の人間が噛んでいることさえ伝えればいいか」

あとは逃げるなり王都に応援を求めるなり、やりようはいくらでもあるはずだ。

「時間もないしさっさとやるか」

その場から離れようとしたところで、観察していたカルム卿に変化があった。

「あれは……」

何もない小屋かと思っていたが、カルム卿が不自然に家具を動かし始めたのだ。

必要があるなら若いやつらがいたときに指示をすれば良かったのに、だ。

ということは……。

「何かあるな」

観察場所を変えて慎重に近づいていく。

窓から姿を盗み見ていたが何故かそれすらも閉じ始めたので魔法で内部の様子を探る。

何かゴソゴソと動かし始めてしばらくすると……。

「え……？」

消えたのだ。

気配が一切。

「カルム卿は軍人としての顔も持つとはいえ……魔法やその他の技術が高いようには見えなかった……」

ということは……。

「魔道具……」

姿を消したこと以外は何も分からない。

効果として考えられるのは魔法探知を妨害するもの……いやだが気配すら絶たれていることを考えればそうではないのだろう。

考えにくいが完全に気配ごと姿を消せるものだとしたら……。

いや、尾行がばれたわけではないだろう。

俺の動きがバレているならすでに何か仕掛けてこないとおかしい。

これだけ猶予があればいくらでも逃げられるのだから。

「入って確かめるか……」

中で何があったのか、これが分からなければそもそも姫様に手紙を出す意味すらなくなってしまう可能性もある。

リスクはあるが行くことを決める。

「まずは様子見だな」

森の中、周囲には動物たちが溢《あふ》れている。

あまり知られていないが、野生種であっても扱いさえうまくやればある程度こちらの意図した動きを再現出来るのだ。これもある種の【スキル】かもしれない。

鳥が手紙を運ぶように、馬が人を運ぶように、野生の動物にも調教は可能だ。

「頼んだ」

指に留まらせた小さな野鳥を放ち、真っ直ぐ小屋の窓に向かわせる。

コツンと小さな物音を立てる。

魔道具の正体がなんであれ、ああまでして隠しておいたものだ。小さくても物音がすれば何か反応があるかと思ったが……。

「だめか」

続けて徐々に動物たちのサイズを上げながら小屋の中から注意を引くために音を出したり近づかせたりしてみたが……。

「一切反応がない……ということは……」

俺が思っていたより高度な魔道具……。

「転移か……!?」

失われた魔法。その技術を残した古代魔法具の中には、離れた場所を繋ぐ道具があるという。

そして帝国はその魔道具をいくつか所持していることも、あのとき書物を読み漁って知っていた。

慎重に小屋に近づき、中の様子を探ると……。

「やっぱり……」

魔法陣が記された大きな魔道具だけがぽつんと残されている。

カルム卿はすでにこの場にいなかったのだ。

「転移先は……」

魔法陣の文字から解析を進める。

見たこともない言語ではあるが、使用用途が転移であると分かれば読めないこともない。

「帝国南部の……座標までは分からないか」

だが俺たちが戦っているすぐ側までこの魔道具を使えば転移が出来るらしい。

もちろん向こう側がどんな状況かも分からないのに、これを使って戻ろうなどとは思わないが……。

「これでギークは、父親に情報を提供していたということか」

カルム卿の行動は帝国軍人として間違ったものではない。

それはギークとて同じだった。

むしろ帝国軍人であることを考えるなら、間違っているのは俺のほうだ。

「だけど……」

長年付き従ってきたからだろうか……。

姫様の危機を見過ごすことは、身体がどうしても拒絶していた。

「俺に出来るのはこのくらいだ」

いくら何でも計画をまるごと潰すような妨害は俺の独りよがりがすぎる。

姫様にこの情報を渡すだけでもばれれば問題にはなるだろう。

それでも……。

「この情報だけで、なんとか対応して下さい。姫様」

暗号化した手紙を鳥に運ばせて思う。

「どうせやられるのなら、せめて俺の知らないところで……」

わがままな執事の願いを乗せて、手紙は空を駆けていった。

二十二話　任務

「喜べ。お前らに任務を与える」

カルム辺境伯領から帰還してすぐ、グガイン中将に呼び出された俺とアウェン、そしてチェブ中尉は新たな戦地に赴くよう言い渡されていた。

正確には帰還してすぐに俺のほうからグガイン中将に暗殺完了の報告を行ったからなんだが……。

暗殺の件を伝えてすぐにチェブ中尉を呼び出していたあたり、すでに準備していたプランだったようだ。

「このケルン戦線、厄介だった将校四人のうち二人が消えた。これで両陣営、動くべき理由が出来たわけだ」

グガイン中将は四人についてこう語った。

「死んだ二人は盤外戦が得意だった者と将とは呼べぬ者だ。だが残りの二人、こいつらは完全な士気能力を持った軍人だ」

俺が暗殺した一人であるレウィンは、ほとんど諜報員、よくて暗殺者と言って良い、いわゆる軍人というよりも個の能力に特化した人物だった。

そしてもう一人もまた、単体戦力では最強と言われていたものの軍を指揮する力は評価されていない。

単体戦力の強さに慢心していたこの男は守備も手薄で暗殺は容易だった。セレスティア共和国にとっては基調なエース級の戦力を失ったことになるが、逆に作戦指揮を司《つかさど》る中枢は無事だったことになる。

そして残る二人の名が、グガイン中将の口から告げられた。

「セレスティア共和国最強と謳《うた》われる騎馬隊を指揮するウォーカー。そして敵将クライドより八割近くの指揮権を任されている実質的な統括者、ティレル。この二名を戦場にて打ち倒す任務を与える」

「戦場にて……ということは策があるので？」

チェブ中尉が口を挟む。

敵将の殺害任務ということであれば、普通はそこに集中出来るよう道を用意してくれるものだ。

だがグガイン中将の言葉はこちらの期待を大きく裏切るものだった。

「お前たちが切り開け」

「え……？」

思わずグガイン中将の顔を見上げてしまう。

「どうした。出来ぬか？」

その言葉にチェブ中尉は即座に頭を下げてこう答えた。

「お任せを。必ずや敵将の首を持ち帰りましょう。たとえこの身が朽ちようとも」

「良い心がけだ。お前たちが敵将を討ち果たし、敵軍が混乱したタイミングで本陣を進める」

つまり俺たちは自力で敵陣を駆け抜け、敵将を討てなければそのまま敵軍の中で潰されるということになる。

「なあ……俺の勘違いじゃあなきゃこれ、俺たちに死ねって言ってねえか？」

アウェンが小声でそんなことを言う。

そしてそれはあながち間違ってはいなかった。

敵陣の真っ只中にたった三人で飛び込み、ケルン戦線における最強格の敵将二名を討ち取らなければいけないのだから。

「何。中尉がいるのだ。お前たちだけで立派な軍だ」

グガイン中将が頬杖をつきながら、口元を歪ませてそう告げていた。

◇

「君たちは相当気に入られたようだねえ」

話が終わってすぐ、グガイン中将のもとを離れたチェブ中尉がそんなことを言い出す。

「気に入られたぁ……？」

「考えてもみるといい、アウェンくん。お前たちの未来にはいくつかの可能性があったのだ。一つは駒として死ぬこと。二つ目はアウェンくんの身柄を盾にリルトくんが暗殺者として暗躍し続けること。そして今回の任務が三つ目。あらゆる可能性の中で最も、君たちが軍人として評価される道を示したということになる」

アウェンは納得のいかない表情だった。

まあそりゃそうだろう。評価される前に死んだら元も子もないのだから。

そんなアウェンの様子を見てチェブ中尉がこう付け加える。

「ふむ……。中将の戦場は、出てきた味方の駒はそのほとんどが死ぬ。だが逆に、生き残るのがどんな者たちか分かるかね？」

「生き残る……？」

「答えは簡単だ。中将の子飼いの兵は死なない。不思議なほどに、気に入られた者は死なないように使われるのだよ。死ぬのはほとんど、寄せ集めの馬鹿だ」

なるほど。

「君たちに課せられた今回の任務、まさに死なない側の立ち回りだ」

グガイン中将なりの何かの策があるかもしれないということか。

◇

「にしたってどうしろってんだよ!?」

中尉とも別れて二人になったところで、アウェンが我慢出来ずに叫び出した。

「チェブ中尉のあの魔法が鍵になるだろうね」

「お前はなんかいつも通り冷静というか……まあ確かにお前がいたらなんとかなる気がしてくるな。あの魔法ってのは魔法人形のことだよな？」

「うん。アウェンは一緒に訓練してて何体まで見た？」

「預かったのが五〇〇で、相手にした中で一番多かったときが一〇〇〇だから……」

少なくとも一五〇〇体は出せるのか。

考えようによるが死なない兵が一五〇〇もいるというのはかなりの戦力だ。

戦場は気力の勝負とも言える。その気力が無限に続くとなれば相手は動揺する。

それに守らなければいけないのが俺たち三人だけであることを考えれば、周囲を五〇〇の不死兵で囲んで突撃、敵将を討ち取り混乱に乗じて離脱というのは、ギリギリ可能性のある作戦といえた。

「いくら守られてると言ってもなぁ……いっそリルトがチェブ中尉の魔法覚えらんねえか？　それも一〇万くらい出せるようにしてよ」

「無理だよ……」

あれは魔法というよりスキルだ。チェブ中尉か、少なくともその家系の者にしか使えないはずだ。

そう考えるとあんな貴重な力をみすみす殺すとも思えない。考えれば考えるほど、これは何か他の思惑がある。

そしておそらく、グガイン中将にはすでにこの戦線は詰みまでの道筋が見えている。

「リルトでも無理かよー。すげえんだなあの中尉……」

アウェンの言う通りあの魔法が規格外であることは間違いなかった。

「そうだね。あれは凄い技術だよ」

「にしてもよぉ……じゃあどうすんだ？」

「まぁ、ギリギリなんとか出来るんじゃないかな？」

「リルトが言うんならそうかもしれねえけど……実際どうするんだ？」

ここに来るまでにすでに敵将の情報は頭に入っている。

チェブ中尉の魔法、アウェンの戦闘能力、そして俺……。敵将を殺すところまでは問題ないと思う。

「多分だけど、敵の将校は俺とアウェンなら一対一で勝てる」

「まあそうじゃなきゃ流石にこんな無茶なことやる意味すらなくなるもんな……」

アウェンの言う通りだ。単体戦力で飛び込んで一騎打ちですら勝てないのならやる意味はない。

そこは問題ないだろう。

「じゃあどうやって一騎打ちに持ち込むかってことか？」

「いや、それも多分大丈夫」

あの将校たちの性格を考えれば、ある程度暴れたら自分たちでなんとかしに来るはずだ。

そのための布石はこちらから打っておける。

というかここまではおそらく、グガイン中将も手はずは整えに行くはずだ。

「じゃあ……」

「問題はそのあと、俺たちが生き延びるところだね」

敵将の撃破は問題なく終わったとしても、そのあと俺たちが生きて帰れる保証まではない。

生き残るためには最後に混乱する戦場を駆け抜ける余力を残す必要がある。

それこそカルム卿の使ったあの魔道具くらいのものがあれば話は変わるんだが……まあないものを嘆いても仕方ないしな。

「中尉の魔法が貴重だってんなら、俺たちごと見殺しにはしねえんじゃねえのか？」

アウェンの意見は正しい。

俺もその部分はかなり期待をしているんだけど……。

「ちょっと気になるんだよね。チェブ中尉について調べれば何か分かるかもしれないけど、それに時間を割くより自分たちで対策したほうが良い気はする」

「なるほど……まあそのへんはリルト、おめえに任せる。いざとなりゃあ俺が暴れてでもお前だけは逃してやるさ」

「そうならないように頑張るよ」

頼もしいアウェンの言葉に笑い合いながら決戦のときに向けて準備を進めた。

二十三話　出陣

「いよいよだな……」

アウェンが緊張した面持ちで呟く。

「あまり硬くなると馬に緊張が移る」

俺とアウェンの間に入る形で堂々と立つチェブ中尉がそう言う。

その言葉通り、アウェンの馬も鼻息を荒らげていた。

「良い馬を用意してもらいましたね」

「それはそうだろう。我々はこのあと、誰よりも先にあの敵陣に風穴を開けねばならんのだから」

中尉の見据える先にはセレスティア共和国の大軍。

率いるのは四将の残った二人、ウォーカーとティレル。

「アウェン、見えてる？」

「一人はな」

大軍の最奥で味方を鼓舞しているのがおそらく、ティレルだろう。

ウォーカーは騎馬隊長。もうあの軍の中にいるはずだ。

「姿が見えずともあの騎馬隊の中心にいることは間違いない」

チェブ中尉の言う通りだった。

要するに俺たちは、敵陣のど真ん中で、セレスティア共和国が誇る最強の部隊と言われる騎馬隊と正面からぶつかり合うことになる。

「そろそろだ」

中尉が身をかがめいつでも飛び出せるよう準備を整える。

それに倣って俺とアウェンも準備をしたところで……。

「突撃ぃぃぃいいいいいいいいい」

「「うぉおおおおおおおおおおお」」

グガイン中将の掛け声とともに一斉に軍が動き出す。

俺たちはその先頭、まずは味方にもみくちゃにされないように駆け抜けるのが仕事だった。

「凄い……」

まだ敵とぶつかってもいないというのにその熱気に当てられる。

まずは俺たちのような騎馬隊がぶつかることになるが、その前に……。

「敵部隊の魔法攻撃を感知！　各自衝撃に備えよ！」

伝令による叫びが届くかどうかといったところで、敵陣から炎の塊のような大魔法が複数放たれる。

「うぉっ!?」

「大丈夫。このあたりには来ない」

「ああ……」

馬が驚いてバランスを崩しかけたアウェンを支える。

当然こちらにも魔法障壁や迎撃部隊もいるが、それでも今の攻撃で後続の何十人もが吹き飛ばされていた。

だがこちらも負けてはいない。

「行けぇぇぇえええええ」

極大の氷が敵陣のほぼ中央へ飛び込む。

魔法部隊が生きているうちは陣形など意味をなさないな……。

ここからは正面からのぶつかり合い。

魔法部隊も狙いをお互いの魔法使いたちに絞り始める。

「ぶつかるぞ！」

チェブ中尉の声に身を引き締め、敵騎馬隊とぶつかり合った。

「うぉらあああああ」

アウェンが突進の勢いそのままに黒い長剣を振り回す。

「ぐぁっ!?」

「がはっ……」

アウェンの一振りが敵を一度に吹き飛ばしていく。

「なんだあいつ⁉」

「新入りだよ！」

敵には恐怖を与え、味方の士気を高める良い動きだった。

「踊れ！　魔法人形よ」

ほとんど同時にチェブ中尉の魔法が展開される。

「くそっ⁉　なんだこれは！」

相手の部隊に動揺が走る。

死を恐れぬ部隊はこのぶつかり合った騎馬隊の戦いにおいて大きな意味をもたらした。

自ら馬の足元に飛び込んで敵を転倒させるという力技が大いに敵戦力を削る。

「リルト！　お前は敵将のことだけ集中してろ！」

「ああ！」

二人の活躍のおかげで俺は索敵に集中出来る。

すでに周囲は敵味方入り交じる混戦状態だ。

歩兵も追いつき、いよいよ混戦具合も相当なものになる。だがそれでも、俺たち三人はこの戦場を抜けて敵陣に切り込む必要がある。

チェブ中尉の魔法人形はこの混戦においても大きな役割を果たした。

俺たちの周囲は狙い通り、黒い魔法人形が壁のようにうごめくことで、敵陣にぐんぐん食い込んでいく。

「覚悟はしてたけど随分孤立していくじゃねえか……」

「大丈夫、思ったよりチェブ中尉の魔法人形に相手が苦戦してくれてる」

「セレスティア共和国の練度が低くて助かったではないか」

自国民でいえば一般的な兵士の七、八割の力、と言っていたはずだ。

だが死なないということが混乱を招いた結果、逆に魔法人形が一人一殺以上ペースで蹂躙していく。

「あとは敵将を捜し出すだけ、か」

ティレルはこのまま敵陣を割って切り進めばいずれ会えるはずだ。

問題はウォーカー。すでに騎馬隊もかなり打ち倒しているというのに一向に姿を見せる気配がなかった。

「姿が見えないのは不気味だな」

「我々に恐れをなしたのかもしれないねえ……このまま切り進――」

チェブ中尉が喋れたのはそこまでだった。

「なっ……!?」

アウェンの顔が驚愕に染まる。

そして俺もおそらく、同じ顔をしていただろう。

「中尉!?」

「まずいぞリルト！」

アウェンが叫んでくれたおかげで我に返る。

中尉が死んだ。

一瞬の交錯で首を持っていかれたのだ。

チェブ中尉の突然の死。

それに伴い、二つの問題が生じた。

「他愛のないものだな……」

一つ目はこれだ。

「お前が騎馬隊長のウォーカーか」

チェブ中尉は魔法人形が主体とはいえ単体戦闘能力でも決して低いわけではなかった。

それがなんの抵抗も出来ずに生命を奪われたのだ。

さらに言えば、俺がその気配を察知出来なかった。自分に矛先が向けば話は変わっただろうが、
それにしたって全く気取られずに味方をやられたわけだ。

倒した二人とはレベルが違うと言える。そんな相手が目の前に現れたこと。

「リルト……いよいよ追い詰められたんじゃねぇか……？　これ」

もう一つの問題。

チェブ中尉が死んだということは、魔法人形の術者が死んだということだ。

つまりもう、俺たち二人は敵陣のど真ん中で孤立している。

「どうする？　来た道逃げるか、いっそこのまま進み切るか？　それとも向こうの崖を駆け上がる

魔法でも使えるってんならそこまでの道くらいは切り開くぞ？」

「させると思うか？」

不敵に笑う敵将ウォーカー。

周囲はウォーカー率いる騎馬隊が取り囲む。

逃げ場すらない状況だった。

「味方がここに追いつくにも時間がかかるだろうし……結構厳しい状況だね」

「のんびりしてる場合じゃねえだろ!?　とにかくお前が逃げるのに一番いい方向だけ示してくれりゃあ俺が暴れる！　お前だけは逃がすくらいのことはするって言ったろ！」

アウェンは本当にいいやつだった。

だが……。

「大丈夫」

様子を窺っていたウォーカーと向き合いながらアウェンに言う。

「こうなる覚悟はしてきたから」

「馬鹿野郎！　死ぬこたぁねえだろ！」

「死ぬわけじゃない。ただこうなっても良いように、準備してきただけさ」

「何っ!?」

余裕を見せ続けてきたウォーカーが驚愕する。

「おいおいなんだありゃあ!?」

ついでにアウェンも驚いていた。

さっきアウェンが逃走経路に挙げた崖から、無数の動物たちが飛び出してきたのだ。

「こらっ!? 落ち着け!?」

ウォーカーや騎馬隊の面々にとっては些細《ささい》なことだが、突然現れた野生動物たちの急襲は彼らの乗る馬を混乱させた。

当然こちらの馬も暴れ回っていてアウェンが落ち着かせるのに苦戦しているのだが……こうなることが分かっていれば、先んじて馬を下りておけばいいだけだった。

「奇襲で悪いけど、その首もらうよ」

「なっ!? 貴様いつの間に!?」

混乱する馬たちの間を駆け抜け、一気にウォーカーの喉元に迫った。

「舐めるなよ!?」

ウォーカーは暴れ回る馬の上で、それでも矛を構えてこちらに向き合う。

「ふんっ！」

そのまま矛がこちらに向けて真っ直ぐ……いや、いくつかのフェイントを織り交ぜて繰り出される。

だが……。

「遅いよ」

「なっ……がはっ……」

攻撃を躱し、その矛を足場にしてウォーカーのもとに一気に近づく。

為す術のないウォーカーに致命的な一撃を与えた。

「やりやがった！」

他の騎馬隊よりも早く馬を鎮めたアウェンが声を上げる。

「アウェン！　味方に届くように声を！」

「おうよ！　敵将、騎馬隊長ウォーカーを！　リルト＝リィルが討ち取ったぞぉおおおお」

張り上げたアウェンの声が戦場に響き渡った。

「うぉおおおおおお」

自軍から歓声が沸き上がる。

「な……馬鹿な!?　ウォーカー隊長が!?」

「馬上では一度だってピンチにも陥ることがなかったのに……！」

混乱する敵軍、だがウォーカーが率いていた騎馬隊だけは戦意を失っていない。むしろ主君の無念を晴らさんと血気に滾《たぎ》っていた。

「まだ囲んでいるのだ！　決して逃がすな！」

「あんたが副将か」

「なっ……貴様いつの間に!?　それにその馬！　貴様ぁあああ」

ウォーカーが乗っていた馬を借りて敵の副将に迫る。

「私もろとも突き刺して構わん！　この男を討ち取れ！」

「立派な指示だけど……お前たちはここで玉砕していい部隊なのか？」

「玉砕……？　馬鹿を言え。お前を討ち取るくらい容易……何っ!?」

敵の副将が驚愕した理由は再び崖の上。

予め仕込んでおいた魔法が発動したのだ。

「馬鹿なっ！　伏兵だと!?」

「副将！　このままでは……！」

崖からは姿の見えない魔法攻撃が降り注ぐ。

すでに騎馬隊の何人かはその攻撃に落とされている。

「くそ……！　だが……」

「良いのか？　やるなら喜んで相手をするけどな」

「ぐっ……」

あとはもう勢い任せだ。

当然あの崖の上に伏兵などいない。

そもそも兵を配置するのは実質不可能だからこそ、こちらも敵も配置していないのだ。そのくらいの断崖絶壁。

だが俺の仕込んでおいた時限式の魔法はうまく機能してくれた。いや俺が仕込んでいたより派手に炸裂《さくれつ》している魔法もあるあたり……グガイン中将はやはりここまで読んでいたらしい。

ここで相手を引かせることが出来れば俺たちの勝ちだ。

「退却だ！　黒騎士団は退却しろ！　ウォーカー隊長の軀には指一本触れさせるな！」

副将の声に合わせて即座に俺たちを囲んでいた騎士団が動き出す。

あとはもう事態についていけていない敵の雑兵のみ。

「アウェン、さっさと切り抜けよう」

「おうよ」

元の馬に乗り直して俺たちも戦場から一旦退却することにする。

ティレルは討ち取っていないにせよ、チェブ中尉を失いながら目標の片方を討ち取って生還するのだ。文句は言わせない。

「ひとまずグガイン中将に報告がてら、本陣に戻ろう」

少しくらいそこで休ませてもらえると信じて。

◇

「ほう。生きて帰ったか」

俺たちを迎えたグガイン中将の第一声がこれだった。

「中尉のことなら気にするな。あれはよく死ぬのだ」

「は……？」

そういえば以前にも「今回も死んでもらう」と言っていたが……。

「まあ良い。どのみちもう今回の戦場では使えんのだ。お前たちは今回の功績で尉官に昇格するだろうな」

チェブ中尉のことはあとで調べるとしよう。

にしても、在学中にも昇格はあると聞いていたものの、いざそうなると不思議な感覚だな。

「さて、お前たちが厄介なのを討ち取ってくれたおかげで我が軍は俄然《がぜん》有利だ。このままこの戦線を制圧するのも時間の問題であろう」

ということはようやく休ませてもらえるということだろうか。

しかし、グガイン中将の言葉はこちらの期待には応えてくれなかった。

「明日、残る将のティレルを討つ。先陣を切る部隊をお前たちに預けよう。ティレルを打ち倒せ」

「仰せのままに……」

命じられた以上仕方ない。

よくよく考えれば姫様に仕えていたときは休みなんてなかったのだから、今日寝る時間をもらっているだけましだと思おう。あれ？　そう考えるとなんかこう……結局事態が好転していないような……いや考えるのはやめよう。

昇格までさせてくれるようだしちょっとはましだろう。

◇

その日の夜、グガイン中将は意外にも夜襲をかけた。

昨日の口ぶりでは俺たちがもうひと押しすることに期待しているのではないかと考えていたのだが、どうやら違ったらしい。

そして俺たちが部隊を預かって隊列に加わった朝には……。

「なんだぁ？　敵がすでに疲れ切ってんじゃねえか」

アウェンの言う通り、見るからに疲弊した敵は前線で立っているのもやっとという状況だった。

「もしかして……」

「どうした？　リルト」

「いや、グガイン中将、俺たちに手柄を譲るために準備してくれたんじゃないかなって」

なさそうな話ではあるが一応口に出してみる。

「それはねぇだろ」

アウェンに軽く一蹴されてまあそうかと思い直した。

「けどまぁ、この状況なら俺たちで手柄を立てるのは楽かもしれねえな」

俄然やる気になったアウェンが敵兵を睨みつける。

狙うはティレルの首。そこまで行けばもう、ケルン戦線は取ったと言えるだろう。

敵大将クライドの両手両足をもぐことになるのだから。

「行こうか」

「おうよ」

結末は実にあっさりしたものだった。

この日もまた俺たちは先陣を切り、誰よりも早く敵将のもとにたどり着いた。

「貴様らか……！　好き勝手戦場をかき乱してくれたのは！」

敵将ティレルはもう、半ばやけくそ気味に俺たちの前に姿を現し――

「おめえは後ろでこそこそやってたほうが良いタイプだったんじゃねえのか？」

「その通りだね……」

「私自ら剣の錆《さび》にしてくれ――かはっ……」

あっさり死んだ。

この活躍によりアウェンは少尉へ、俺は敵将四名を落としたことによって異例の飛び級を果たし、中尉になったのだった。

二十四話　再会

敵将ティレルを打ち倒したあと、そのまま大将クライドとの決戦かと思ったが、意外にもグガイン中将にここまでで良いと言われた。

いわく、「手足のない相手にお前を使うまでもない」とのことらしい。

「少しは認められたってことかな？」

「あれでか？　まあ手柄全部独り占め、みたいなタイプじゃあなくて良かったがよ」

俺とアウェンはケルン戦線を離れ、一度リング城へ戻ることになる。

そこで久しぶりに訓練校のクラスメイトたちと顔を合わせることになった。

◇

「お久しぶりです！　良く無事に戻られました！」

「ああ、メリリア。おかげさまでね」

「ん。大変だったと聞いた。何をしてたか聞きたい」

「サラスも活躍してたらしいな」

二人ともそれぞれの戦場で活躍を見せて少尉になったらしい。

訓練校の人間は幹部候補生。

見習士官の次はいきなり少尉になるのはそうなんだが、ここまでのスピードで何人もというのは異例らしい。

俺の二階級特進というのはもはや異例中の異例ということだった。

「中尉になったそうですね。どうですか？　今の気持ちは」

冗談めかして聞いてくるメリリア。

「実感がない」

そもそもまだ正式なものではなく、口頭で伝えられているだけのものだしな。

「ふふ。でも一体どんなことをしたらこの短期間で中尉に？　まあもちろん、あのケルン戦線でしたから生きて帰っただけでも勲章ものかもしれませんが」

「ケルン戦線の噂は常にこちらにも流れてきていた。でもあそこには、敵の大将とその配下の有能な四将がいたと聞いた。どうやって優位な戦況に立ったか、気になる」

メリリアとサラスの問いにはアウェンが答えてくれた。

「その四人の将を全員討ち取ったんだよ。こいつが」

「ええっ!?」

「本気……？」

二人が目を見開いていた。

表情の変化の乏しいサラスですら露骨に驚いていることが分かるほどだった。

「と言っても、戦場で戦ったのは二人だし、片方は完璧にお膳立てされてたしね」

「そもそも戦場ではない場所でどうして……いえ、リルトさんならなんとなく分かるのでいいですが……」

何故か半ば呆れられるような目でメリリアに見られていた。

「まあこいつはもうめちゃくちゃだったよ」

「いや、アウェンも十分めちゃくちゃやったでしょ。あんな敵地のど真ん中駆け抜ける経験、もうしないと思うよ」

少なくともそう思いたかった。だって普通なら死ぬから。

姫様の無茶よりほんの少しだけマシだったというだけの話だ。

相手が相手なら流石に持たない。

「そりゃおめえが横にいたから出来たんだよ！　で、俺たちはしばらくこの城で休めんのか？」

「あら、何も聞いてないのですか？」

メリリアがいたずらっ子のように微笑《ほほえ》んでそう言う。

「我々は出世頭のリルト中尉のもとで次の戦場を戦うそうですよ？」

「え？」

驚く俺を見て再びメリリアが楽しそうに笑っていた。

◇

「リルトさん、少し良いですか？」

リング城に戻り、級友との談笑を楽しんだ日の夜。

俺はまたメリリアに呼び出されていた。

「どうした……ってメリリアが俺を呼び出す理由なんてあれしかないか」

「その言い方は何か引っかかりますね……呼び出して良いなら何の用もなく呼びつけますよ？」

「悪かったよ」

そういうのはもう姫様だけで間に合っていたはずだ。

「まあ、今回も確かに手紙ですが……リルトさん、アスレリタのことはどの程度……？」

「まずい状況だっていうのは分かってる」

俺がカルム卿のことを把握していることも、その行動を妨げようとしていることも、流石に話すわけにはいかないだろう。

ぼかして答えておくしかない。

「そうですか……」

それより気になるのはいつも以上に深刻そうなメリリアの表情だった。

「何かあったのか？」

「いえ……読めば分かるかと思います」

そう言って渡されたいつもの手紙。

そこにはこれまでと全く違う文言が書かれていた。


『いいかしらリィト。

何があっても絶対に戻ってこないように。

これは命令よ。

いいわね？』


「これは……」

「明らかに様子がおかしいんです。そして実際、アスレリタの状況だっておかしいことはすでにリルトさんもご存じでしょう」

「それはそうだけど……」

あの姫様が「来るな」と言っている。

それだけで異常事態なのだ。

「これは私の立場を考えれば褒められたことではありませんが……」

「待った。言わないで良い」

「ですが……いえ、そういうことですか。分かりました」

手紙を俺に渡すということだけでもそれなりのリスクを背負わせている恩人なのだ。

これ以上甘えるべきではない。

メリリアの言おうとした話は十中八九カルム卿に関わる話。

そしてこれは、国家として掴んでいる情報ではなく、メリリアが個人として掴んだ情報だろう。

でなければ流石に、ここで口に出そうとはしないはずだ。

要するに調べようと思えば分かってしまうのだ。

カルム卿が何をしているかということは。

それはつまり、この件に首を突っ込むことは、帝国トップクラスの大貴族を敵に回すということを表している。たとえ一つの助言であっても、メリリアをそこに付き合わせるわけにはいかない。

いやメリリアだけじゃない。どう考えても私情で簡単に動いていい話ではないのだ。

だというのにすでに俺は……。

「リルトさん？」

下から顔を覗き込まれて慌てて距離を取る。

「ああ、ごめん。大丈夫。俺はもう帝国軍人なんだ」

「そう……ですね」

一瞬表情を曇らせたメリリアだったが、その後は努めて明るく振る舞おうとしてくれた。

「ではリルト中尉に次の作戦について詳しく伺ったりしてみましょうか」

「やめてくれ」

それはもう、俺をからかうくらい明るく。

◇

今回俺の他にも目覚ましい二階級特進となった特例がいた。

「やあ、リルト中尉。活躍したそうじゃないか。一体どんな手を使ったんだい？」

ギークである。

「たまたまだよ」

挑発に乗らない俺にムッとした表情を見せたが、すぐに気を取り直したのかこう言った。

「そうだろうね。君にはやはり帝国軍人らしさもない」

軍人らしさ、か。

確かにそうだろう。

俺は今まさに、帝国軍人としてあるまじき考えを秘めている。

姫様のことに首を突っ込もうとしているのだ。

直接的でなくとも、少なくとも生命が奪われない程度の手助けはしたいと考えていた。

だが帝国での仕事を放り出すつもりもない。時間を作る必要があった。

中尉として全員を引き連れて向かう次の戦場は、残念ながら王国とは正反対の西の戦場だ。

メリリアをはじめ移動中の指揮くらいは任せたって全く問題はないメンバーではある。

だがいざ戦場に出たときに俺がいないのは流石にまずい。

そのためにどうやって時間を捻出するかを考えていた。

普通は不可能な話だ。

西の戦場に向かうのに東の王国の件に首を突っ込むなど。

だがそれが出来てしまう可能性がある。皮肉にも姫様のおかげで知ったあの魔道具の原理を利用すれば……。

「おい。何か言ったらどうなんだ？」

考え事をしていたせいでギークへの返事をしていなかったようだ。

しびれを切らして向こうから催促してきた。

「ああ、ごめんよ。帝国軍人らしさはないかもしれないけど、まあ出来ることをやるさ」

「甘いな。その覚悟がない人間に任せられる仕事ではないのだ。分かっているのか？　西の戦場はケルン戦線とは違うのだぞ。勝たねばならぬ戦い。負けは許されない。一発逆転は得意なようだが、お前にその仕事が務まるのか？」

そう言ったギークに合わせてその腕に絡みついているエレオノールとリリスが笑った。

そしてギークがこう告げた。

「お前には荷が重いだろう。代わってやる。私の次の任務は東の果て、わが父が治める領土における作戦だ」

「代わる……？」

「そうだ。東はそもそも戦争もしていないのだ。待機だけ。これでは私が活躍する隙もないではないか。何、父から言い添えればその程度の配置転換でとやかく言われることはない。どうだ？　お前には戦争よりもそちらのほうがお似合いではないか？」

ギークの提案は渡りに船ではある。

だがこれを単純に呑むわけには当然いかないし、俺としてもどちらもやり遂げたい意思がある。

「残念だけど断るよ」

「ふむ……ならば決闘だ」

「決闘……？」

「そうだ。西方戦線への参加を賭けて、な」

「俺に何のメリットがある？」

「あら、負けるのが怖いのかしら？」

リリスがあからさまに挑発してくるが、構わず続けた。

「メリットもないし、そもそもそんな勝手を許される立場ではない。残念だけど時間もないからな」

「所詮は腰抜けといったところかしら？」

「ふん。まあ良い。好きにすると良いだろう。行くぞ、明日には領地に着いておらねばならぬのだからな」

ギークは不敵に笑いながら離れていく。

そもそも明日までに移動が必要だというのならそれはもう押しつけに等しい。なんせ普通に行けば間に合うはずが……。

「待てよ？」

ギークはカルム卿の息子。

であれば、カルム卿が使ったあの古代移動魔道具のことも知っていて、いや使えてもおかしくはないのだ。

それに移動が必要だと言っていたことを考えれば……。

「つけるか……」

ギークたちを追いかければ、あの魔道具をこちらも使うことが出来るかもしれない。

そうなれば姫様の件に首を突っ込むに当たって最大の懸念であった時間を大幅に短縮出来るのだ。

奇しくも大きなヒントを得た俺はそのまま三人のあとを追うことにした。

二十五話　もらった時間で

「やっぱり……」

ギークたちを追いかけていくと森の奥の古びた小屋に消えていった。

外からしばらく見ていると、中にいた人の気配が消える。

「間違いない」

この小屋は偽装工作もそこそこだったため、外からでもカルム卿が使っていたあの小屋と同じ魔法陣を発見することが出来た。

「これなら時間を短縮出来る」

カルム卿の予定は頭に入れてある。

このまま早朝を待って向かえば鉢合わせることもないだろう。

「ああそういえば……」

時間が出来たらやろうと思っていたことを思い出す。

チェブ中尉のことだ。

「どうせ夜はやることもないしな……」

チェブ中尉が「よく死ぬ」と言ったことについて調べる必要がある。

物事を調べるときには仮説が重要だ。

これまでまさかチェブ中尉の魔法と死という概念が結びつくとは思わなかったせいで頭から抜けていたが、逆にそうであると分かった上でならいくらでも調べようがあるのだ。

「まずは……リング城周辺で情報を持っていそうなところを当たっていくか」

そういえば姫様って、「なんとなく怪しいわ。調べなさい」とか無茶苦茶なことを言って送り出すことがあったな……。

あれと比べれば今は自分なりに確信を持っていることを裏取りしていくだけな分ましだ。

姫様の予想の精度が三割程度だった。数字だけ見れば驚異的だ。勘が鋭いのだろう。

だが残りの七割についても「何か掴んでくるまで許さない」と締め出されていたこちらとしては、あの手の命令はもう受けたくはないところだった。

「さてと……」

目星をつけた要人の居城に侵入し、書類を集める。

チェブ中尉、そしてあの魔法人形のスキルについて……。

◇

「これは……帝国は一体何を……」

俺の目の前には今、あの日死んだチェブ中尉と全く同じ姿形をした人形たちが無数に並んでいた。

どれも目を瞑り、何かの魔道具に繋がれた状態だ。眠ったように、あるいは死んだように動かないが、間違いなく魔法反応がある。

「関わっているのは……グガイン中将、これは予想通りか」

チェブ中尉のことはもはや、国家規模のプロジェクトと化している。

だが実際には帝国が音頭を取っているのではなく、帝国貴族たちが利権を奪い合うように入り乱れている様子まで分かった。

いや、そうであるからこそ、こうも簡単に情報が入ったのだ。

チェブ中尉は男爵家の生まれ。そしてその男爵家を派閥に取り入れ、このプロジェクトを中心的に推進しているのがグガイン中将の侯爵家だった。

「で、カルム卿……か」

グガイン中将、いや侯爵家に対して、最も敵意を持ってその技術を奪おうと動いているのが、辺境伯であるカルム卿。

思ったより遥《はる》かに厄介な構図に頭を抱える。

「姫様の件以上に首を突っ込むべきじゃない案件だった……」

資料によれば、チェブ中尉は一度死んでも次の人形が動き出すため、グガイン中将は全ての戦場で中尉に決死の突撃を命じている。

一五〇〇にものぼる兵士を生み出せるチェブ中尉が毎回決死で飛び込めば、そりゃあ多少の劣勢は弾き返せるだろう。

「そしてその功績で中将にまで……一方毎回戦死し、だが記録上はその死亡した事実を残せないチェブ中尉は一向にその地位が上がらない、か」

だが軍にいればチェブ中尉の異様な活躍ぶりは嫌でも耳に入るのだ。

だからこそ、ギルン少将ですら口が出せないだけの発言権を持っていた。

繋がってきた情報に自分で納得していく。

チェブ中尉の復活にはまだしばらくかかる。だがその復活が、圧倒的優勢に立ったケルン戦線における最後の決定打になるのだろう。

「とにかく、魔法人形に関わる軍部の人間を覚えておこう……」

また無茶な作戦に巻き込まれずに済むように。

二十六話　言葉の裏側

「さてと、そろそろいいか」

チェブ中尉のことで時間を潰したあと、改めてギークたちが使った小屋にやってきた。

魔法人形のことを調べるのと並行して、カルム卿やギークたちの行動パターンの予測もした。

この時間ならあちらに誰かいるということはないはずだ。

いずれにしても急いだほうがいいとはいえ、この時間でなければあの小屋に向かってもすぐに捕まるだけ。ことを大きく出来ない以上仕方ないタイムロスだった。

「にしても……」

改めて姫様の手紙を読み返す。

『リィト
ようやく返事をしたかと思ったら本当にそっけない返事だったわね。
もう少し何かあってもいいんじゃないかしら。
でもちゃんと伝わったわ。

で、こんなことしている場合なのかしら？
よく分からないけれど何か戦争に参加しているそうじゃない。
リィトなら何も問題ないでしょうけど……。
気をつけなさい。
さてと、本題を言うわ。
返事もあって、リィトが生きていることは分かった。
私の執事としてのお休みももうないそうよ。
残念だったわね。
だからあれほど早く戻ってきなさいと言ったのに。
でももう遅いわ。
いいかしらリィト。
何があってももう絶対に戻って来ないように。
これは命令よ。
いいわね？
これが最後の手紙よ。
最後くらい、また言うことを聞いてくれることを願うわ』
これまでとは全く違う、最後の手紙。

姫様のもとにいたとき、言うことを聞かないなんて考えることすら出来なかった。

どんな無理難題にも満足する形で答えてきた自信がある。

姫様のもとを離れてからは、ずっと手紙を無視し続けてきた。

初めて、自分の意思で姫様の命令に背いたのだ。

そして今、姫様が最後といったその命令さえ、俺は従おうとしていなかった。

最後の手紙、最後の命令に背き、俺は転移用の古代魔道具を起動させる。

「すみません姫様。私はやはり、わがままな執事のようです」

思えば姫様に仕えていたときだって、姫様の命令をそのままこなすことのほうが少なかった気もする。

そもそも姫様の命令は無茶苦茶なのだ。だからこそ、執事である俺がその意図を汲《く》み取って姫様の望みを叶える必要があった。

今回も同じだと思えば気が楽だった。

最後の大仕事。

姫様の本当の願いを、叶えに行こう。

手紙の裏に隠れた「助けて」を俺は見たのだ。

暗号でも何でもない、姫様だからこそ、そしてそれを俺が読んだからこそ感じ取れる救難信号だった。

「来ると思っていたぞ。ネズミめ」

目の前にはカルム卿。

俺は手を後ろに組まされ縄をかけられる。

完全に自分のミスだった。こんなこと、姫様の命令を聞いている間はしたことがなかった盛大なミスだ。

◇

「自分の意思で動くとこうなるってわけか……」

つくづく自分は姫様に生かされていたのだなと思い知ることになった。

「何をブツブツ言っている。おい貴様……この私の周りでチョロチョロと動き回ったその罪、重いぞ？」

髪を持ち上げられカルム卿に凄まれる。

「無反応、か。にしても間抜けなネズミだ。我が息子がお前程度に見抜かれるような経路で移動してくると思っていたのか？　お前をおびき寄せるための罠。まんまと引っかかったのがお前だ」

本当に我ながら間抜けなものだった。

本来であればその可能性にまで頭を回すべきだったのだ。

ギークは優秀なんだ。

戦場では取り巻き二人の力添えもあったと聞くが、それでも二階級特進は異例の事態。

俺自身がそうだったせいでその事実を甘く認識してしまっていた。

そして何より、一度勝っているという慢心があった。

「よくやったぞ。ギーク」

そう呼ばれたギークは得意げな顔でこちらを睨むと思ったのだが、予想外の表情を見せていた。

何故か今の事態に対して不満を訴えるような、そんな表情をしている。

それは父に対する畏怖からか、それとも別の何かかは分からない。

「お前は本当に間抜けだ」

カルム卿があざ笑いながらそう告げる。

本当にそうだとは思う。どうしたものかと考えていたのだが、カルム卿の次の言葉はそんな思いすら消し飛ぶほどの衝撃を持ったものだった。

「一体これまで、誰があの手紙を流させたと思っているのだ?」

「なっ!?　まさか……」

「王国への足がかりに最適だったのだ、あのワガママ姫は。民衆の不満をぶつけさせるのにあれほど良い相手はいない。そう思って調べてみれば、驚くほど簡単にあらゆる情報が手に入った。馬鹿な王国の民衆もすぐ味方に付いた。本当に今まで良くもあんな無防備を晒して無事でいられたと思えば……お前が抜けたせいだと言うではないか」

確かにそうだろう。

俺が抜けたことによって、それまで未然に排除してきた姫様に迫る危機が顕在化した。

民衆軍《レジスタンス》のガス抜きも機能しなくなっている。

そうか。

だが……俺はこのカルム卿に、ずっと踊らされていたというのか？　もっと言えばギークにも……。

俺の情報を流していたのはギークだ。

そして今、俺が捕らえられているのもまた、ギークの行動によるものだった。

「さてと……どうしてくれようか。王国の犬が我らが帝国軍人に紛れ込んでいたというのは信じがたい事態だ」

そう言ったカルム卿は、振り返ってギークのほうを見た。

そして……。

「お前が殺せ、ギーク」

そう短く指示をした。

だがギークはすぐには動かない。

「どうしたギーク？　早くせんか」

「……はい」

指示を受けたギークが俺の前に進み出てきて、剣に手をかけた。

「馬鹿な男だ。だから何度も、軍人などやめれば良いと言っていたものを」

「ギーク……」

その言葉の真意は読み取れない。

だがギークの声は、決して明るいものではなかった。

そしてその暗い声音のまま、ギークはこう言った。

「タイミングはギリギリだった。もうこれで間に合うこともないだろうな」

「どういう意味だ……？」

その言葉の意図を探るために目を合わせようとしたところで、突然カルム卿が叫んだ。

「何ぃっ!?」

叫んだ理由はすぐに明らかになる。

「リルト！　無事か!?」

「貴様っ!?　どうやってここを！」

「あぁ!?　誰だてめえ！　いや見たところてめえを殴りゃあリルトは助かるってわけだな？」

アウェンの直感と行動力は凄いな……言い終わる前に殴りかかろうとしている。

「ちっ……下賤な屑め！　ギーク、まとめて片付け――」

その続きを言わせることはない。

「助かったよ」

アウェンの登場、その思わぬ援軍の到着に俺自身反応が遅れたものの、ギークとカルム卿ほどではなかった。

先に動き出した俺は、予め解いていた拘束を改めて外し、今度は逆にそれをカルム卿に仕掛けた。

すぐさまアウェンが呼応し、ギークの制圧に成功する。

「ったく、こんなことになるなら先に一言くらい言って行きやがれ」

「悪かったよ」

「まあどうやら、俺がいなくてもなんとかなったみたいだけどよ……」

「いや、本当に来てくれて助かったよ」

アウェンの軽口に答えていると、カルム卿が苛立った表情でこう告げた。

「貴様ら……辺境伯であるこの私にこのようなことをしておいて、ただで済むと思っているのか？」

「あぁ？　こんな状況で何偉そうにしてやがる」

「野蛮人め……今すぐ拘束を解け。その人間は王国の間者だ。始末せねばならん」

アウェンを睨みながらカルム卿がそう告げる。

「王国の間者？　どこに証拠がある？」

「知らんのか？　王国の王女に仕える執事。それがそいつの正体だ」

その事実を告げられたアウェンは、一瞬の躊躇《ちゅうちょ》もなくこう答えた。

「昔の話だろう？」

「な……」

清々《すがすが》しいまでのアウェンの態度に一瞬唖然《あぜん》としたカルム卿だったが、すぐに叫び出す。

「昔の話などと簡単に済ませて良い問題ではなかろう！」

「いやいや、済ませてくれよ？　帝国は誰だって能力があれば登用するのが強さの秘訣だろ？」

そう言って不敵に笑うアウェンが、そのままこう付け足した。

「だって俺も、傭兵稼業で何人も殺したぜ？　あんたみたいな帝国軍人をなぁ？」

禍々しいほどのオーラを放つアウェン。

普段の爽やかさが消える。これもアウェンの持つ一つの顔というわけか。

俺と出会ってからはあえて出していなかった顔だろうが……。

「貴様……！」

苦い表情で睨みつけることしか出来なくなったカルム卿。

だがその目は全く死んでいなかった。

「よかろう。身の程をわきまえぬ愚者め……力だけではどうにもならんということを教えてやろう」

そう告げた直後、部屋中に無数の魔法陣が展開される。

「なんだこれっ!?」

「アウェン！　ギークはもういい！　臨戦態勢を！」

「なっ……分かった。だけどリルトは……」

「大丈夫」

無数の魔法陣、その正体に目星はついている。

ギークを解放して剣に手を伸ばしたアウェンを見て、こちらも準備を整える。

「帝国が誇る最高の技術！　とくと味わって死ぬが良い！」

カルム卿が誇らしげにそう叫ぶ魔法の正体は、チェブ中尉のものと同じ、魔法人形。

いや、その強化版と言えるかもしれない。

チェブ中尉は個人の【スキル】としてあの魔法人形が使えたが、帝国内ではあのスキルを兵器化する研究が進んでいた。

そこには莫大な利権を巡る貴族同士の熾烈《しれつ》な派閥争いが繰り広げられている。

いくつかある派閥のうち、二大派閥の一つがこのカルム卿。

グガイン中将は実用性を求め、チェブ中尉自身を使って、あるいは新人の兵を使い、戦場でその運用方法を模索しながら研究を進めていた。

一方カルム卿は……。

「私の作り上げた最高の作品たちをその目で見られるのだ。ありがたく思うが良い」

魔法人形の性能を強化する方向に研究を進めていた。

そしてその研究成果が今、魔法陣から姿を見せた。

「おいリルト……」

「うん。強い……」

魔法陣から現れたのは七体の魔法人形だった。

チェブ中尉の黒い魔法人形とは違う、一体一体が甲冑《かっちゅう》を着こなす洗練されたものだ。

そしてその見た目に恥じぬだけの性能を持っている。

おそらく戦場で数十の兵士なら圧倒出来るだけの力を持つ。運用次第では一体が数百ずつの敵を倒し、しかもチェブ中尉と同じであれば何度も再生するという強みを持つ。

「死ね！」

拘束されたままではあるが、余裕を取り戻したカルム卿が魔法人形たちに指示を出す。

勝てる相手とはいえ何度も再生するとなれば持久戦。

時間がない中だ。なるべくなら避けたかったが……。

「やるしかないか」

構えを作り剣を手にした俺の前に、魔法人形の一体が襲いかかる。

——ガキン

だが、それを止めたのは俺ではなく……アウェンでもなく……。

「行け。お前にはやるべきことがあるのだろう！」

「ギーク!?」

何故かギークが俺の前に立ち、魔法人形の一撃を食い止めていた。

当然父であるカルム卿は驚き、その表情をさらに険しくして叫んだ。

「一体何の真似だ！　ギーク！」

「父上。王国への介入、あれは危険です」

「貴様父に歯向かうというのか！」

「聞けば下賤な民、その中でもさらに下劣で過激な組織と手を組んでいるとか……」

民衆軍《レジスタンス》のことか。

「それがどうしたというのだ！」

叫ぶカルム卿。

だが次の瞬間、その表情が穏やかなものになる。

「……ああそうか。お前はあの王女を好いておったな」

「なっ⁉」

カルム卿の言葉に動揺したギークが魔法人形との鍔迫《つばぜ》り合いを解いて一瞬よろける。

「ここ数年はともかく、幼い頃は食事会にも連れ出してやったものだ。まさかその頃から……」

動揺するギークにカルム卿が続ける。

「ギーク、あの女は殺させぬ。むしろこのことを盾にとればお前のものに出来るぞ？　悪い話ではなかろう」

カルム卿の言葉に一瞬ギークが立ち止まる。

ニヤリと笑うカルム卿。

そんな父に対して、ギークは静かにこう告げた。

「父上は魔法人形を過信していらっしゃる。あれを送り込んだのでは、もはや王女もあの連中も無事ではすみません」

「はっ。何を言うかと思えば……。あれは完璧だ。実戦に投入していないのはテストが済んでいないからではない。強すぎるからだ」

「父上……」

「ふんっ。今に思い知る。あの忌々《いまいま》しいグガインも、帝国の軍部もこの私を認めざるを得んようになるだろう」

カルム卿の余裕。

だが魔法人形に関する調査を考えると、ギークの言い分は正しいだろう。あの魔法人形は制御する人間が近くにいてこそ力を発揮する。そうでない場合は……。

「暴走してしまえば領土侵犯に問題が発展します。王国と勝手に戦争を始めたということになってしまえば我が家は……」

「ええいっやかましいわ！　お前の意見など聞いてはおらぬ！　まとめて片付けて――」

「おらぁっ！」

カルム卿の言葉を遮ったのはアウェンだった。

アウェンの加勢によりギークも体勢を立て直す。

「よく分かんねえがやることがあるなら行けリルト！　ここは俺がなんとかしてやらぁ！」

アウェンの言葉を受けその場を離れることを決める。

「逃がすと思うか？」

カルム卿が指示を飛ばし、俺のもとに再び魔法人形が襲いかかる。

だが――

「さっさと行け！　場所は分かるな!?　アレリアの屋敷だ！」

再びギークがその魔法人形を弾き飛ばした。

「……任せる」

二人に甘えるとしよう。

すぐに離脱する。

「待て！　くそ……貴様ら！　どうなっても知らんぞ！」

カルム卿の怒声を背に受けながら、森を駆け抜ける。

「ふんっ！　今更追いかけたところでどうにもならんわ！　あちらにはこいつらより性能の良いものを貸してやったのだからな！」

背中ごしに聞こえたカルム卿の言葉を受けてさらに速度を速めながら王国を目指した。

「姫様……」

間に合ってくれと祈りながら。

二十七話　キリクの覚悟

アレリアの館に集まった民衆軍《レジスタンス》。

そのいつもと異なる殺気めいた気配を王女キリクはひしひしと感じ取っていた。

「なんなのよ……」

今日に限って屋敷の守りは手薄。そんなときに敷地の前に集まって抗議活動が始まっている。

「誰かいないの!?　今日はあまり刺激せずに追い払いなさい」

「ええ……そうしたいのですが……」

「何よ」

「いえ。少し気になることが……」

はっきりとしない執事代理の男キュレムにイライラしながらもキリクはその言葉を待った。

リィトがいなくなってから、キリクは決して執事を置くことはなかった。

世話役として父である国王が寄越した人間も何人かはすぐに追い返していたのだが、そのうち追い返す度に質が下がることに気付いたキリクは、こうしてキュレムを執事代理として置くことを決めた。

キュレムはキュレムで、元来の気弱な性格が傍若無人な王女キリクの評判によりさらに悪化しており、こうして度々キリクを苛立たせる悪循環に陥っている。

「ええ。どうやら連中は今日、武器を手にしている者もいるとか……」

「それはいつもと違うということね？」

「ええ、それはもう。ええ……連中のうち八割が……」

「八割!?」

キリクは頭を押さえてその事実を受け止める。

これはもう明らかな宣戦布告だった。

リィトが事実上国外に逃亡したことを受け、キリクの政治的役割はそのほとんどが機能しなくなっていた。

王女であるキリクは一応は国のために尽くすことを求められており、書類仕事がほとんどではあるものの一定の権限とその監視を命じられていたのだ。

当然それまではその全てをリィトが一人で片付けていたのだが、その万能執事がいなくなって以降の杜撰《ずさん》な対応を見て、事実上キリクは謹慎処分としてこのアレリアの屋敷に押し込まれている。

その際国王は心配して護衛を多く送ったが、リィトがいた頃の感覚が抜けないキリクは自身を監視しているようだと突き返したのだ。

「まずいわね……」

爪を噛んで考え込むキリク。

今はもうその姿を「はしたないですよ」と諫《いさ》める執事はいないのだ。

「今、屋敷にいる人間は？」

「八十名です」

「外の連中は？」

「それがどんどん数が膨らんできておりまして……すでに数百は集まっているかと」

キリクが顔を歪める。

キリクも何も考えていなかったわけではない。こうなったときのための準備は進めてきたのだ。

父には警護を増やすよう依頼を出し、周囲の使用人たちもなるべく戦闘の出来る人間を集め、もしものときの脱出経路と逃げる先の確保に動こうとしてきた。

だが全て、間に合っていないのだ。

「念のため戦える人間を集めて。それから馬の準備を」

「はっ……」

頼りない執事代理に一応の指示は飛ばす。

援軍が来るとすれば国王が気を回して早くに騎士団なりを警護として派遣してきた場合くらい。

いやそんな希望的観測に頼るわけにもいかないだろう。奇跡のようなものだ、援軍が来るなどというのは。

「自力で戦う……いえ、逃げる……？」

だがキリクの頭は整理が追いつかないでいる。

逃げるにしても当てがないのだ。

王国の最西の街であるアレリア。この地を治める辺境伯領は遠く、山岳越えを考えるとてもではないがキリク自身が移動に耐えられない。

アレリアに拠点を置く貴族もいないことはないが、数百にまで膨れ上がった暴徒から匿《かくま》ってもらうような余裕はない。

「王都は……無理でしょうね」

唯一街道が続く王都への道は当然塞がれているだろう。

「降伏も視野に……いえ、それしかないでしょうね……。父様には面倒をかけるけれど」

傍若無人な姫の姿はもはやそこにはなかった。

キリクは自分自身の価値をよく理解していた。

冷静に考えるならば、暴徒たちにとってキリクは生かして使うべき有力なカードなのだ。

それがこんな辺境の地にぽつんと一人孤立した状況など、襲うなというほうが難しいのだ。

「本来は軍が動いたんでしょうけど……」

もはや軍が機能しているとはキリクも思っていない。

リィトの影響で、特に地方の軍は何もすることがなくなっていたのだ。その堕落した生活に慣らされてきた者たちが今更しっかり働くのは難しいことは、キリクにも理解出来た。

そうなるともう、キリクに助かる道はない。

いや厳密には今回生命を奪われることはないにしても、どの道キリクにとってここで捕まることは人生の終了を意味しているのだ。

人質となったあと身代金か何かと引き換えに解放されたとして、自らが国に与えるダメージを考えればその後の使いみちは他国に支援を要請するための政略結婚……。立場の弱いキリクがそこで、元のような生活を送ることは許されるはずがなかった。

「ちょっと戦ってから私の身柄を条件に降伏……ってところかしらね」

だが現実的な解決策はそれしかないだろう。

勝つための戦力も逃げる当てもないのだ。

捕まれば父である国王が動く。そして父は、民衆軍《レジスタンス》の出す降伏の条件を呑むだろう。

「いずれにしてももう、会えないわね……」

王女キリクは最期を覚悟する。

最期に思い浮かべるのはあの有能すぎる執事のこと。

「馬鹿ね……考えても仕方ないのに」

役に立たない後悔の念を胸に、キリクはボルテージの上がる民衆軍《レジスタンス》のほうを見つめていた。

二十八話　万能執事

「間に合った……でいいのか？」

一触即発。

まさに今、アレリアの街のキリク王女がいる屋敷は、暴徒と化した民衆軍《レジスタンス》に包囲され、そのまま戦場になろうとしていた。

最初は抗議デモだったかもしれない。だがもうすでに民衆軍《レジスタンス》の多くは武器を構えて今にも屋敷に突入する勢いだ。

「まずは民衆軍《レジスタンス》を動かしている人間を抑えて……」

いくつかの仕掛けはもう完了している。森から増援を呼ぶことに成功した。

あとはどうこの場を納めるかだが……。

そんなことを悠長に考えながら民衆軍《レジスタンス》たちを観察していたそのときだった。

「は？」

俺の間抜けな声をかき消すように民衆軍《レジスタンス》から悲鳴が轟いた。

「きゃああああああああああ」

「なんだ!?」

「死んでる……!?」

突然の出来事だった。

突如人間の二倍、いや三倍にも迫る巨大な騎士が現れ、目をつけていた民衆軍《レジスタンス》のリーダー格を一撃で葬ったのだ。

「しまった……!」

あの騎士は魔法人形……!　民衆軍《レジスタンス》ではない、カルム卿の手の者がこの事態を率先して作ったのだ。

混乱する暴徒たちに間髪を容《い》れず次のアクションが発生する。

「卑劣な王女め！　こんな卑怯《ひきょう》な手で我らの生命をも弄《もてあそ》ぶのか！」

こんな卑怯な手、というのが何を指すのかなど、言った本人も聞いている者たちも分かっていないのだろう。

だがその言葉の意味などもはや暴徒たちにとってはどうでも良かったのだ。

ただその言葉で火がついた。

一気に屋敷に数百の人間がなだれ込んでいく。

その中にはあの巨大な騎士の魔法人形も交ざっているのだが、もう誰が何を殺したなどというのは誰一人気にする様子などなくなっていた。

「来たぞ……！」

「ひぃ……だめだ！　数が多すぎる！」

「王女様はなんて!?」

「何も言ってねえよ！　ただ戦えって！」

「くそっ……！　やってられるか！」

屋敷にいた戦闘要員はどれも戦闘のためのプロには見えない。

おそらく清掃員やら庭師やらを寄せ集めて武器だけ持たせたんだろう……。

「見殺しにするのも目覚めが悪い、か……」

警護すらいなくなった姫様に、一応形だけでも付いてきてくれた者たちなんだ。

「ドラゴンブレス」

「ぎゃあ!?」

「なんだ!?　どっから……」

俺自身が姿を見せるのはまだだ。

偽装のために二つのスキルを使う。

幸いにしてここは森のすぐ側だからな。

「竜が出たぞぉおおおおおお」

「竜だと!?　いやあれはただのワイバーンだ！」

「ワイバーンだからなんだってんだ!?　どっちにしたって化けもんじゃねえか！」

混乱する民衆軍《レジスタンス》。

指示を飛ばしているのはカルム卿が出した人間だろう。さっきの突撃の契機となった掛け声もあの男だった。

だがカルム卿が使いをそれしか出していないとは思えない。まだ他にもいるはずだ。

魔法人形を操っている者も含めてここで全員あぶり出す。

そのために森にワイバーンを仕込んでおいたのだ。ドラゴンブレスは自前だったけど。

「さて……それっぽい反応をしたのは……七か」

身に危険が迫ったことで咄嗟に魔法人形を出した人間と、突如現れた魔法人形に対して驚きを見せなかった人間。その様子を目視と魔法で観察していたのだ。

だが思ったより数が多い。それにもう中にも紛れ込んでいるとは……。

そんな考え事をしながらも出来る範囲で仕事を進めていく。

「まずは三人」

森側に潜んでいた三名は距離も近いし周りに見られる心配もない。

「かはっ!?」

バラバラに潜んでいた男たちを一人ひとり、意識を奪い取っていく。

あとは民衆軍《レジスタンス》の中に紛れているのが三人、そして屋敷内にいるのが一人。

となると……。

「先に中に入るか」

姿を隠して塀を抜け屋敷に潜入する。

もうそれを見張る人間も残ってはいなかった。

「逃走経路から姫様の場所も見つけとかないとだな……」

頭をフルに回転させながら、まずは屋敷内のカルム卿の部下のもとに走った。

◇

「さあ王女様、こちらでございます」

「ねえ。本当に逃走経路なんてあるのかしら？」

「お任せ下さい。このときのために準備をしてきたのです」

いつになく自信げに語るキュレムに違和感を覚えながらも、この状況で従わないわけにもいかず必死に屋敷を走るキリク。

「で、逃亡先はどこなのよ」

「このまま国境付近まで西に向かえば、森に身を隠す小屋がございます。そちらに身を潜めている間にお味方の到着を待つのです」

「なるほど……そんな小屋、いつの間に？」

「王女様の身を案じる者たちがほそぼそと準備をしておりました」

「へえ……そう」

満更でもない様子のキリクを見てキュレムがほくそ笑む。

カルム辺境伯に雇われた工作員の一人だが、キュレムほどその役割をしっかりこなせた者はいなかった。

他の工作員たちがメチャクチャな王女の指示に耐えかね、その要望を満たせぬままに追放され続けてきた中で、唯一執事として、厳密には代理ではあるものの居座ることが出来たことを、キュレムは誇りに感じていた。

単純なタイミングの問題なのだが、キュレムはそれを自分の力であると過信している節も見受けられる。

「ご安心を。ささ、こちらへ。馬の準備は整っております」

「へっ？　ええと……その……」

「当然エリザベス号よね？」

キュレムは馬の世話などには関与していない。

キリクのお気に入りどころか、何頭の馬がいるのかすら把握していなかった。

「本当に使えないわね……」

幾度となく続いたこのキリクの小言に内心で舌打ちをしながら、それでもキュレムはこのあと訪れる自分の幸福を思い気を取り直す。

このまま小屋に王女を連れていけば、この作戦における第一功労者の地位は揺るがないものになる。

外で人形を使って暴れている人間など目ではない。

そうなればカルム卿から莫大な謝礼が入るだろう。緩みそうになる口元を必死に押さえながら、キリクを連れて屋敷を走る。

だが——

「なっ!?」

「え……ちょっと!?　ねえ!　突然どうし……え?」

キリクからしてみれば、先導する形で一緒に走っていたはずのキュレムが突然倒れて意識を失ったようにしか見えない。

それが自分のための行動であることすら分からないままに、再びキリクは一人になった。

「小屋の場所だって聞いていないのに……」

再び最悪の未来に向けた覚悟を固め始めるキリク。

だがすでに彼女の救世主は動き出している。

「あれ……?　何か懐かしい気配が…………まさかね」

今まさにキリク自身気が付かずすれ違った人物こそ、今キリクが最も会いたいと切望する人物だった。

◇

「さてと……あとは適当に足止めしておけば姫様は逃げられるだろうか？」

何の当てもないかと思っていたが、馬の準備もあることからどこかしらに逃げる算段はついているものと見えた。

であればこれ以上介入するより、あとのことはそちらに任せたほうがいいだろう。

「にしても……久しぶりに見たな」

俺がいた頃と比べると顔つきがまるで別人になっていた。

鋭い目つきは心労からかさらに凄みを増していたが、それでも以前より良い顔をしているようにも見える。何か覚悟や責任感を覚えさせるような、あの頃にはなかった目の輝きがあった。

だからこそ……。

「生きて欲しいな」

逃亡先の面倒までは見られない。というよりこちらから手を加えないほうがいい。

あとは時間を稼げばいいと考えて、庭園で暴れる民衆軍《レジスタンス》たちのもとに向かおうとしたのだが……。

「おかしい……姫様の移動先が、馬のほうじゃない!?」

何故だ。

「いや待てよ……」

俺が倒したカルム卿の工作員は直前まで姫様と一緒にいた。馬のことも含めてもし、全てがそいつらの準備していたことだとしたら……？

「いくら何でもそこまで誰も何も出来ないだなんて、考えてなかった！」

すでに姫様は駆け出している。

目的地はおそらく……。

「バルコニー」

そこからは庭園が見渡せる。逆に言えば暴れている民衆軍《レジスタンス》たちの前に姿を見せることになるのだ。

「一度外に出たほうが早いか……」

俺も駆け出す。

バルコニーには一階から飛べばギリギリ手がかかるだろうしそのほうが早い。

それにしても……。

「どうして……」

意図の摑めない姫様の行動に思考が鈍るが、ひとまず身の安全を守れるように移動を開始する。

「って、意外と早いぞ!?」

姫様の気配を探知魔法で追いかけながら俺自身は庭を目指して走る。

だが思った以上に姫様の移動は速かった。

ギリギリのタイミング。

こちらがようやく外に出てバルコニーを見上げられる位置に着いたところで、姫様が現れる。

当然その姿は、庭園に集まっていた民衆軍《レジスタンス》たちの目に留まることになる。

一瞬あっけに取られた民衆軍《レジスタンス》。

民衆軍《レジスタンス》が動き出すよりも早く、姫様の声が庭園に響き渡った。

「お聞きなさい。私の名はキリク。キリク＝ヴィ＝アスレリタ。貴方たちの捜し求める存在はここよ！」

◇

唯一の光明であった逃走ルートは、それを知る人間が消えたことで潰《つい》えた。

馬があっても逃げ場がない。

これまでろくに野外での活動などしていない自分では、闇雲に馬に乗って逃げてもただ野垂れ死ぬだけであることは容易に想像が出来た。

「だったら……」

どうせ死ぬのだ。

だったらこの命に価値があるうちに使ったほうがよっぽど有意義だ。

民衆軍《レジスタンス》の狙いは私。

冷静な判断をするなら、国王との交渉カードにするのだろうが、外の気配を見て察してしまったのだ。

私を殺すことが目的になっている人間が、その中に少なからず存在していることを。

「逃げれば死ぬだけ……だったらもう、やるしかない」

それはかなり、無茶苦茶でどうしようもない覚悟だった。

もしかすると退路が完全に断たれたことで何かが吹っ切れたのかもしれないし、あるいは……。

「さっきの一瞬、ちょっと思い出しただけで……」

そう。

失って気付いた大きすぎる存在。

何よりも求めたあの万能執事のことを思うだけで、勇気のようなものをもらったのかもしれない。

「蛮勇になるかどうかは、私次第」

一世一代の大勝負だ。

民衆軍《レジスタンス》の思惑はバラバラ。

私を見て、私を利用したい側と、殺したい側、どちらが先に動くか。

「利用価値を、しっかりと知らしめる！」

かつての自分では考えもしなかったことだった。

私は存在するだけで価値のある存在だった。そうやって生まれてきたし、そうやって育てられてきたのだ。

何があろうと、何もなかろうと、ただそこにいるだけで価値を持つ。それが王家の人間だと教わってきたのだ。

だが価値というのは当然、生まれだけで決まるはずもなかった。

気付いてはいたのだ。リィトが活躍する度に私に言い寄る人間が増えるのを見て、あるいはリィトに直接媚を売り、仕事を押しつけ始めた者たちを見て。

それでもあの頃は、自分の価値は不変であると信じて疑わなかった。

その幻想が崩れ去ったのは、リィトを失ってからだ。

リィトがいなくなった分、その不足を補うため、価値のある自分のために皆が必死になると思っていた。

実際のところ、最初のうちはそうだったのだと思う。

だが今はどうだ。

私のために動く人間はもういない。

私に価値を感じる人間ももういない。

私を守る人間などどこにもいなくなったのだ。

「この状況を招いたのは私……」

それでも私は王家の人間。生きて価値を知らしめるのだ。

その先のことなどもはやどうでも良かった。

もうこの先、自分の一番の願いは叶えられることがないのだから。

「最後に気配だけでも感じたのが、幸せだったかもしれないわね」

感傷に浸りながらも足取りはどこか軽かった。

バルコニーは目の前。

何もない私に出来るのは、名を名乗ることだけだ。

「お聞きなさい。私の名はキリク。キリク＝ヴィ＝アスレリタ。貴方たちの捜し求める存在はここよ！」

◇

「おい！　あれ！」

「ああ、今、自分で名乗ったぞ」

「影武者じゃないのか!?」

ざわめき立つ民衆軍《レジスタンス》。

その中にいるカルム卿の使いの者たちも同様に焦りの色が表情に見え隠れしていた。

周囲に聞こえないように気を配ってはいたがこんな声が漏れていた。

「おいおい……段取りが違うじゃねえか」

「王女は連れ出してあとはこいつらと適当に暴れたら終わりじゃなかったのか」

「それよりまずいぞ！　もうこいつらあれを殺す気満々じゃねえか！」

「落ち着け。こういうときのために魔法人形を借りてきたんだろ。最悪こいつら全員ぶちのめしてでも王女だけは連れて行く」

なるほど。

民衆軍《レジスタンス》に交ざって魔法人形を持った人間は三人。

王女を殺そうと目を血走らせる民衆軍《レジスタンス》は五十ほど。

正面からやり合っても勝てる範囲だ。

「仕方ない……」

本来ならこっそり手助けをするだけに留める必要があったんだが……。

「影武者だろうが関係あるか！　殺せ！」

「そうだ！　俺たちの怒りを知れ！」

ヒートアップした民衆軍《レジスタンス》の何人かは魔法が使えるようだ。

魔力が膨れ上がる。

「どうする!?」

「力ずくでも止めてやる！」

「間に合わねえよ！」

カルム卿の使いは出遅れてもう魔法を止めることは出来なくなっている。

「死ねぇぇぇぇぇぇぇぇ」

無数の魔法が放たれ、王女キリクのもとへ向かっていく。

その様子を姫様は……。

「なんで……抵抗もしないんだ」

黙って全てを受け入れるように、姫様は目を瞑っていた。

◇

「だめだったわね……」

賭けは失敗した。

私を利用するための人間たちがいたことは正解だった。

だが肝心の部分で、その人間たちはすっかり出遅れていたのだ。

「私に対する恨みの強さが表れているかもしれないわね」

そう思うと、不思議と笑みが溢れる。

自分の行いが跳ね返ってきたと思えば、何もこれは理不尽な死ではない。

王族とは生まれながらに特別な存在。

何があろうと、何もなかろうと、ただそこにいるだけで価値を持つ。それが王家の人間だ。

だが……。

「特別なのは何も、良いことばかりじゃないわね」

全てを受け入れて目を瞑る。

最期のときを静かに待った。

「………」

だというのに、私の未練がありえない幻想を見せてくるのだ。

受け入れた気でいたというのに……。

「どうして……」

その執事は、無数の魔法を片手で受け止め、私の言葉に答える。

「私は姫様の執事ですので」

聞き慣れたはずのその言葉は、随分懐かしい響きで私を包み込んでいた。

◇

「私は姫様の執事ですので」

その言葉は驚くほど自然に、口をついて出てきたものだった。

「なんだあいつは!?」

「構わねえ！　もっと魔法を……」

「待て……まさかあれ……」

無数の魔法を無理やり遮断したせいで周囲の視界を遮っていた土煙が晴れていく。

「おい……あれって……」

「化け物執事……」

「終わりだ……もう俺たち全員終わりだ……！」

一気に戦意を喪失する民衆軍《レジスタンス》に戸惑ったのはカルム卿傘下の三人だった。

「何を言っている！　相手は一人だぞ!?」

すでに姫様のもとにいた人間は全員散り散りになって逃げている。

残っているのはキリク王女本人と、その執事であった俺だけだった。

だがそんな状況でも、カルム卿の工作員の言葉に返ってくるのは、信じられないものを見るような冷たい眼差《まなざ》しだけだ。

「ええい！　ここまで来て失敗など許されん！　王女の確保だ！」

「おい！　やめておけ！」

「うるさいぞ！　たった一人、執事がのこのこ出てきたからといってどうなる！」

仲間割れを起こし始めた民衆軍《レジスタンス》だが、押しのけるようにして魔法人形が三体飛び出してくる。

なるほど。こうして対面すると確かにカルム卿が自信を持っていた理由も分かる。

あの小屋で見たものより数倍強いのだ。

戦争に利用すれば単体戦力としては破格の性能を誇るだろう。

——だが

「人形に負けるようでは、執事は務まらないからな」

三体の魔法人形のほうへ向かって逆にこちらから駆け出す。そしてその勢いのまま、すれ違いざまにその全てを破壊する。

背後でバタバタと音を立てて崩れていく人形たち。後ろには姫様がいるのだ。万に一つの事故も起こらないよう、念入りに破壊しておいた。

「なっ……」

「お前は……一体……一体何者だ！」

「覚えてもらう必要はない」

術者である三人の意識を刈り取る。

「ひっ……逃げろぉおおおおおお」

あとはあっさりしたものだった。

追いかける必要もないだろう。他国に操られたりしない限りは、民衆軍《レジスタンス》に気にかけるほどの人物がいるとは思えない。

広い庭園に残ったのは二人だけ。

「貴方……どうして……」

「……どうしてでしょうね」

自分でも不思議だった。

ここに来るまでの選択は全て、自分の感情を優先してのものだった。

姫様に仕えていた頃には考えられないほどに、自分の意思でここまでたどり着いたのだ。

「馬鹿ね……戻ってくるのが遅いじゃない」

「その通りですね……申し訳――」

「待ちなさい」

俺の言葉を遮って、何故か姫様が深呼吸している。

――そして

「悪かったと、思ってるわ……」

目を逸らし、うつむきながらそう漏らした。

これまでの姫様を思えばありえない言葉に驚く。

そうやってこちらが固まっている間に、ポツリポツリと言葉は続く。

「リィトがいなくなって、どれだけ大きな存在だったかを思い知ったわ……。私はリィトがいないと何も出来ないことも、それに……えっと……」

その顔から滴がこぼれる。

それでも姫様は言葉を続けた。


「だから……ごめん、なさい」

泣き声にかき消されないよう、絞り出すように告げたその言葉は、しっかり俺の耳に届いた。

その言葉を受けて出てきた俺の答えは……。

「紅茶を入れましょうか」

目を見開いてこちらを見る姫様に笑いかける。

何故か分からないが、そうするのが良いように思えたのだ。

うつむいたまま顔をこすり、姫様がこう言った。

「ええ、とびっきり美味しいのを入れて頂戴」

「かしこまりました」

姫様のお気に入りの茶葉があることは屋敷の中を走りながら一度確認済みだ。

目を腫らしながらも笑ってくれた姫様に安心しながら、屋敷に入り準備を進めた。

二十九話　その後の処理

「リーナス法務卿！　その者に厳罰を！」

帝都ガリステル。

俺は再びこの地に戻ってきていた。

最初にこの地に足を踏み入れたときとは正反対に、全く自由のない状態で、だが。

「ふぅむ……。リルト＝リィル、君はカルム辺境伯の持つ魔道具を悪用し、またそのいくつかを破壊したとあるが……事実かね？」

帝都に呼ばれた理由はカルム卿が起こした裁判にあった。

カルム卿にとっても王国との繋がりに関する話はあまり積極的に掘り返したくないというところが不幸中の幸いと言える部分かもしれない。そのおかげで今、結果的に俺はカルム卿の所持する魔道具の無断使用と、魔法人形の破壊の罪だけを追及される立場にあった。

最悪の場合、敵国に手を貸した罪に問われたことを考えるならまだ救いのある裁判だ。

「破壊は事実ですが、悪用までは……」

一応の抵抗……同じ内容でもここでの言動が処罰を軽くも重くもするのだ。

その言葉に当然ながらカルム卿は激昂してこうまくし立てる。

「騙《だま》されてはなりません！　リーナス法務卿！　その者は――」

だがカルム卿の必死の訴えは、意外な人物にかき消された。

「ほう。せっかく大将首を持って凱旋《がいせん》したのに出迎えが少ないと思えば……こんな茶番が繰り広げられていたとは」

「グガイン卿!?　今は裁判中で――」

「知っている。だから来たのだ」

グガイン中将の鋭い眼光に晒され、仲裁者であるリーナス法務卿が固まる。

だが黙っていられない人間がもう一人。

「……ここに何をしに来られたのかな？　グガイン卿」

カルムが怒りに顔を歪ませながらグガイン中将を睨みつける。

だがその程度の圧に屈する相手ではない。逆に睨み返されたカルムのほうがうつむくほどのオーラを、グガイン中将は携えていた。

「カルム卿。私がここに来た理由はシンプルだ」

じっくりと周囲を見渡し、その場にいた全ての人間の視線が集まるのを待った後、グガイン中将は俺を指差してこう言った。

「その男は我が軍に勝利をもたらした最高功労者だ。死地において活路を自ら見いだし、獅子《しし》奮迅《ふんじん》の活躍を見せた」

それは意外な助け船だった。

いや、こうして振り返れば、一貫して俺はこのグガイン中将には〝気に入られていた〟のかもしれない。

「そんなことはどうでも良いのだ！　今は――」

カルム卿が叫ぶが、またもグガイン中将の重く響く声にかき消される。

「ほう？　どうでも良いと。想定外の敵国の同盟によって我が帝国が散々煮え湯を飲まされたケルン戦線の勝利を、どうでも良いと貴殿はおっしゃるのかな？」

「うぐ……それとこれとは……」

「関係ないかね？　いいや、関係あるのだ。大いに関係あるのだよ」

グガイン中将が再びたっぷりと溜めを作ってから、静かにこう言った。

「その男は、セレスティア共和国の四将を一人で全て屠《ほふ》ったのだぞ？」

「なっ!?」

「いや報告は上がっていたぞ」

「だがグガイン中将直々に認められるなど……！」

「それほどまでなのか、この逸材は……」

周囲の貴族たちの空気が一気に変わった。

当然ながら俺の二階級昇格の件は帝都にまで伝わってはいる。その理由も一緒にだ。

だが多くの人間はその功績を懐疑的に見ていたのだ。戦況不利のケルン戦線をもり立てるための方便とすら疑う声があった。

それを今、ケルン戦線の司令官であるグガイン中将が自ら名指しで認めた。この意味は貴族たちにとって大きかったのだろう。

「ぐ……だが！　帝国の掟《おきて》を……」

「ふむ……それを破ったのは私の知る限りこの男だけではなかろう。なぁ？　カルム卿よ」

「なっ……」

グガイン中将の脅し。

それがブラフであったとしても、これほどまでに大きな効果を持つ言葉はこの場になかっただろう。

バレたくないことがあるのはカルム卿もまた、同じなのだ。

皇帝に黙って王国と繋がり、戦争の火種を持ち込んでいたという事実はカルム卿にとってどうしてもバレてはならないことだった。

俺が相手ならば良かっただろう。俺自身バレてはいけない敵国への手助けがあったのだ。

こうしてグガイン中将が来なければ俺は帝国軍人としての身分を剥奪はされただろうが、命までは取られなかっただろう。

だが、グガイン中将が現れたことでカルム卿はその矛を収めなければならなくなる。

俺が軍人を続けられる範囲で……。

「だが……無罪放免では示しがつかんぞ」

カルム卿のその言葉は、事実上の敗北宣言だった。

「ふむ。ではこれでどうかな？　この男はいきなり二階級も特進したのだ。生意気なことだ。今回の一件を受けて降格、もう一度やり直させれば良いだろう」

グガイン中将もこの落としどころを予め用意していたのであろう。

結局グガイン中将の言う通り、俺は降格処分のみで済まされることになる。

むしろグガイン中将が直々に認めた軍人として、降格しながら注目度を高める結果になったかもしれない。

一方カルム卿はその場でこそ何か追及されることはなかったものの、含みのあるグガイン中将のブラフのせいでその火消しに大いに時間と金を割かざるを得なくなった。

グガイン中将は俺が自由になった頃にはすでに、別の戦場へ旅立った後だった。

エピローグ　二人の姫様

「で、随分長い間いなくなったと思ったら女の子を連れて合流とは、いいご身分ですね？　降格処分まで受けたというのに」

「勘弁してくれ、メリリア……」

帝都での裁判を終えて俺は予定通り西方の戦線に加わっていた。

変化があったのは裁判を経て俺が少尉に降格されたことと……。

「何？　しばらく保護すると言ったのは貴方よ？　リィト」

「姫様……ですがこんなところまで付いてこられるなんて……」

「今の私は姫様じゃないと言ったじゃない。ただのキリクよ。そう呼びなさい」

「キリク様……」

「様もいらないわよ！」

結局あの屋敷に姫様を一人で残すわけにもいかない。国王が知れば保護をしたんだろうけど、そこまで待つ猶予も俺にはなかった。

仕方なく王都に手紙だけ送って俺が姫様の保護をすることになったんだが、まさか西方遠征にまで付いてくることになるのは想定外だった。

ギルン少将のおかげで姫様は今客将という扱いになり、表立った動きはないもののアスレリタ王国とガルデルド帝国は事実上同盟関係を結んだ。

帝国としては他国との戦線がある中で大国の一つであるアスレリタ王国とことを構えずに済んだことと、それでもなお一触即発の爆弾であるカルム卿を抑え込むために。

王国としては王女か領土を失う危機を〝帝国軍人〟に救われたという負い目から、この同盟は成立している。

その過程で俺の素性や行動は色々表沙汰になったんだが、グガイン中将とギルン少将、そしてメリリア殿下の尽力があってこうして無事降格処分までで軍人生活を送れるようになったわけだ。

逆にこのせいでカルム卿はさらに追い詰められる事態になり、ギーク共々領地に釘付けにされる状況になっていた。

何が起こるか分からないものだ。

「リィト、喉が渇いたわ」

「紅茶でよろしかったですか？」

「紅茶しかないの？　ジュースが……いや紅茶でいいわ、やっぱり」

姫様は相変わらずなように見えて、それでも何か変化があったように感じていた。

「どうぞ」

「ありがと……って結局ジュースじゃない。紅茶でいいって……美味しいわね」

「お気に召したようで何よりです」

なんだかんだでそんなやり取りに安心感を覚える自分もいたのだが、それをよく思わない人物がいた。

「リルトさん、貴方は帝国軍人としての自覚がなくなったのではないのですか？」

「メリリア……ギークみたいなこと言わないでくれ……」

「その調子ではアウェンさんやサラスさんと合流してからも同じことを言われますよ」

「……そうか？　そうか……」

まあ確かに軍人らしくない、というより、姫様が横にいると俺は執事になってしまうのだ。

そう考えると確かにアウェンたちと会う前にこうしてメリリアの意見を聞けたのは良かったかもしれない。いやそもそもなんでわざわざメリリアが中継地点まで迎えに来たのかもいまいち分からないんだけど……。

「ねえリィト、そこのうるさい女は誰かしら？」

「あら？　敵国のど真ん中で皇女に喧嘩を売るなんて、結構なご身分ですねえ？」

「そうよ？　知らなかったのかしら。私はアスレリタ王国王女で……」

一瞬こちらを見た姫様が、溜めを作ってからこう言った。

「リィトのご主人様よ」

「ぐっ……ですが！　リルトさんは帝国軍人として私と肩を並べる少尉。同じクラスで、そしてこれからは同じチームで協力し合う……」

メリリアも何故かそこで俺を見る。そして……。

「パートナーですから！」

「なっ⁉」

「「ぐぬぬ……」」

「二人とも何を張り合ってるんだよ……」

うかつにそんな声をかけたのが悪かったんだろう。

「リィトは黙ってなさい！」

「リルトさんは黙っていて下さい！」

二人に同時にシャットアウトされてしまう。

結局西方戦線にたどり着くまでの間、二人はずっとそんな些細な言い争いを続けていた。

「あれ？」

そこでふと気付く。

「結局俺、執事も軍人もやって余計苦しい道を選んだんじゃ……」

元々激務に耐えきれずに逃げることから始まった生活だというのに、激務という点で全く改善されていない。

「でもまぁ……」

今の生活に不思議と、不満はなかった。

◇

「全く……次は子どものお守りですか……」

西方戦線の指揮を任されている少将、レギンは眼鏡を中指で押し上げながら呟く。

「中央は何を考えているのやら……西方戦線は補強どころか子どもの面倒を見る手が余っているように映ったのでしょうかね……」

レギンが眺めているのは中央から届けられた名簿だ。

そこに記されているのは、訓練校所属でありながら戦線の士気を高めるためだけに少尉に祭り上げられた哀れな子どもたち。少なくともレギンの目にはそう映っていた。

「まあ、誰が来てもやることは同じですかね……」

神経質に眼鏡の位置を直しながら、レギンは名簿から目を離して外を見る。

「兵は駒。駒は言う通りに動くだけで良い。西方戦線で勝手な真似はさせませんよ」

外に彼らの姿はない。

だがレギンの頭には、二階級特進を果たしながら即座に問題を起こして降格処分を受けたあの〝問題児〟の名前がよぎっていたことだろう。

あとがき

この度は本書をお手に取っていただき誠にありがとうございます。

すかいふぁーむと申します。

著者プロフィールにも書きましたがわがままな王女に仕える万能執事、一家に一台欲しいですよね。

気付くと作業スペースの周りに溜まるホコリを取り除いてくれていたり、飲み物が欲しいときに出てきたり、そんな細かい部分にこそありがたみがあって、でもそれが当たり前になると感謝を忘れそうな……。

そんな細かい気配りの出来る主人公。

本編中ではそんな余裕がない状況が多かったのですが、そんなリアルに欲しい！　と思うような便利さと、あらゆる方面に無双出来る主人公最強ものとしての面白さが伝えられるよう今後も書いていければと思っております。

本作は元々ＷＥＢ上で掲載している物語のため、二巻に該当する部分の作業にも着手しております。

皆さんの応援を受けて書籍としても継続してお披露目出来ればと願っております。

さて、編集さんからあとがき最大十ページくらいなら良いですよと言われて意気込んでいたのですが、いざ書こうとするとネタがないですね。

我が家には万能執事がいないので机周りの掃除でもして大人しく執筆に戻ろうと思います。

また二巻でお会い出来るよう頑張ります。

最後になりましたが、イラストレーターのこちも先生。素敵なイラストをありがとうございました。

女装もこなす主人公という、文字で書く分にはさらさらっとやっていた設定ですが、絵になる段階で作者の頭には全くイメージが湧いていませんでした。そんな主人公をはじめ、数少ない情報から登場人物たちを形にして下さりありがとうございました。

また担当していただきました編集さんをはじめ、関わっていただいたあらゆる方々に感謝を。ありがとうございました。

そして何より、こうして本書を手に取っていただいた皆様、本当にありがとうございます。

それでは、またお会い出来ますと幸いです。

すかいふぁーむ

姫姉妹いい
ですよね…。
いいですよね!!
こちも

がココにある。
私の従僕
私、能力は平均値でって言ったよね!
二度転生した少年はSランク冒険者として平穏に過ごす
～前世が賢者で英雄だったボクは来世では地味に生きる～
転生したらドラゴンの卵だった
～最強以外目指さねぇ～
戦国小町苦労譚
領民0人スタートの辺境領主様
毎月15日刊行!!
https://www.es-novel.jp/

あなたの"好き"
反逆のソウルイーター
～弱者は不要といわれて
剣聖（父）に追放
されました～
転生した大聖女は、
聖女であることをひた隠す
冒険者になりたいと
都に出て行った娘が
Sランクになってた
即死チートが
最強すぎて、
異世界のやつらがまるで
相手にならないんですが。
人狼への転生、
魔王の副官
アース・スター ノベル
EARTH STAR NOVEL

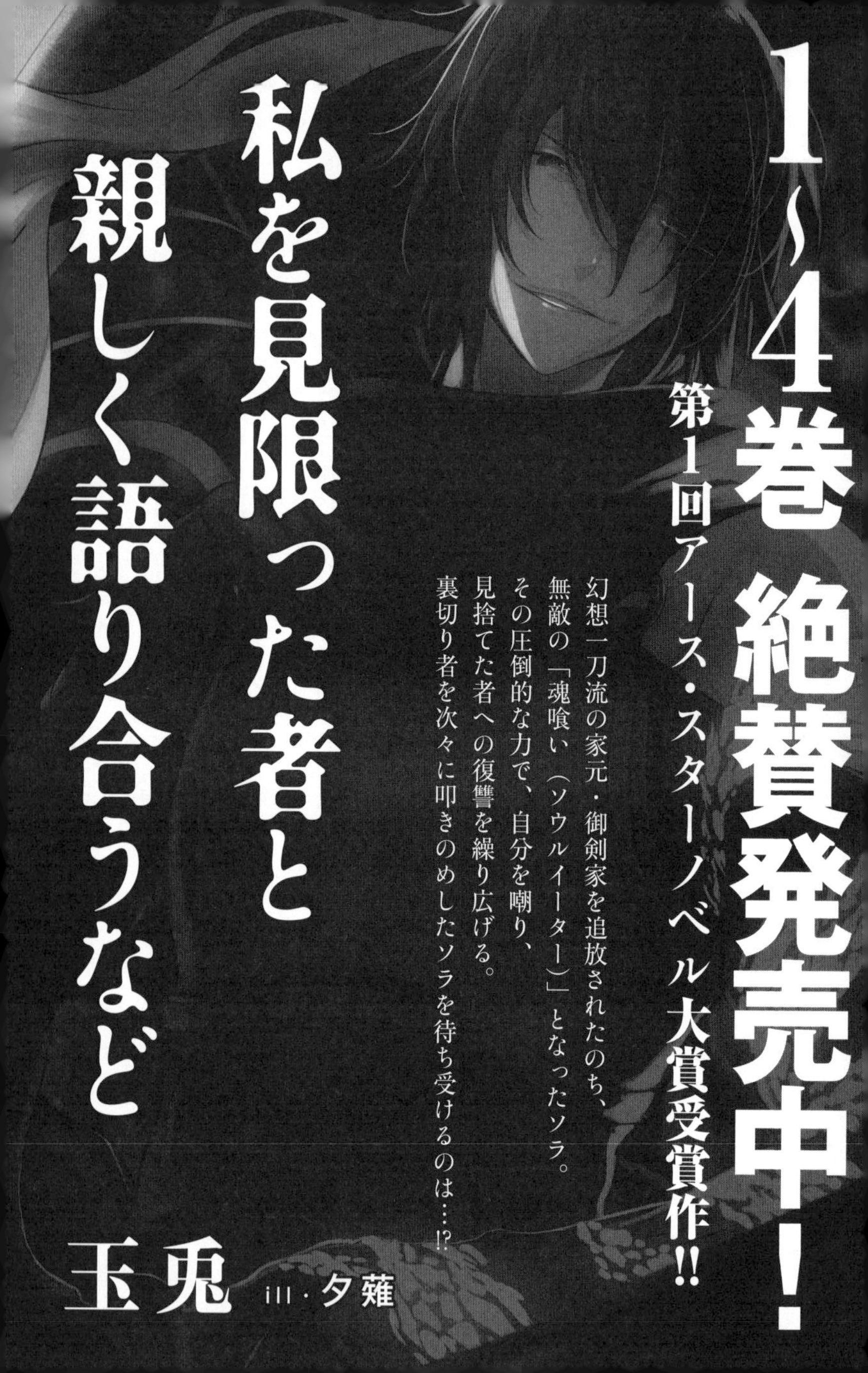
1~4巻絶賛発売中!
第1回アース・スターノベル大賞受賞作!!
幻想一刀流の家元・御剣家を追放されたのち、
無敵の「魂喰い（ソウルイーター）」となったソラ。
その圧倒的な力で、自分を嘲り、
見捨てた者への復讐を繰り広げる。
裏切り者を次々に叩きのめしたソラを待ち受けるのは…!?
私を見限った者と親しく語り合うなど
玉兎
ill・夕薙

EARTH STAR NOVEL
虫唾が走る!
反逆のソウルイーター
~弱者は不要といわれて剣聖(父)に追放されました~
The revenge of the Soul Eater.

シリーズ累計80万部突破の大人気作!!
一〜十三巻、大好評発売中!
戦国小町《せんごくこまち》苦労譚《くろうたん》
夾竹桃
イラスト 平沢下戸
武田の生き残り
戦国小町苦労譚
夾竹桃
平沢下戸
十三、第二次東国征伐

「山道を抜けたら戦国時代でした」
農業高校に通う女子高生の静子は、
ある日戦国時代にタイムスリップしてしまう。
織田信長と出会い、現代知識と農業知識を駆使して
尾張国の農業改革に取り組むことになるが、
やるべきことは山積みで――
農作物の栽培にグルメ研究。動物飼育に兵器開発……
めまぐるしく働く静子に目が離せない！

ヴィットマンとバルティ亡き後、
悲しみに暮れるも束の間、
ついに東国征伐の準備が整う。

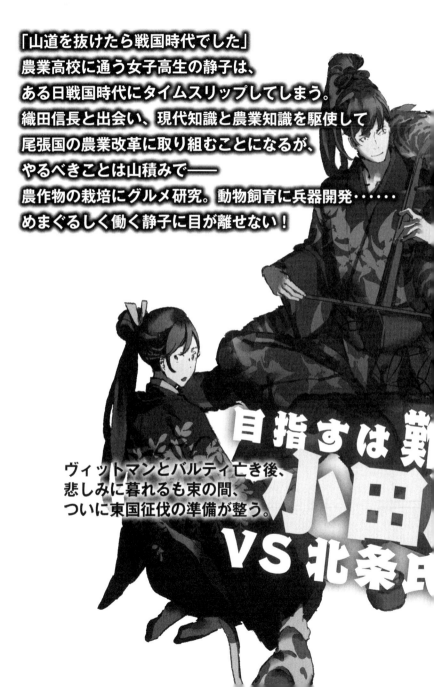

EARTH STAR NOVEL

わがまま王女に仕えた万能執事、隣の帝国で最強の軍人に成り上がり無双する

発行 ―― 2021年1月15日 初版第1刷発行

著者 ―― すかいふぁーむ

イラストレーター ―― こちも

装丁デザイン ―― 舘山一大

発行者 ―― 幕内和博

編集 ―― 佐藤大祐　今井辰実　古里学

発行所 ―― 株式会社 アース・スター エンターテイメント
〒141-0021　東京都品川区上大崎 3-1-1
目黒セントラルスクエア　7F
TEL：03-5561-7630
FAX：03-5561-7632
https://www.es-novel.jp/

印刷・製本 ―― 図書印刷株式会社

ISBN 978-4-8030-1485-3